一只上个时代的夜莺

华清 著

2017—2019

南方出版传媒
花城出版社
中国·广州

图书在版编目（CIP）数据

一只上个时代的夜莺：2017—2019 / 华清著. -- 广州：花城出版社，2021.6
ISBN 978-7-5360-9426-0

Ⅰ. ①一… Ⅱ. ①华… Ⅲ. ①诗集－中国－当代 Ⅳ. ①I227

中国版本图书馆CIP数据核字(2021)第091335号

出 版 人：	肖延兵
策划编辑：	朱燕玲
责任编辑：	李倩倩　安　然
技术编辑：	薛伟民　林佳莹
装帧设计：	薄福书衣坊

书　　名	一只上个时代的夜莺：2017—2019
	YI ZHI SHANGGE SHIDAI DE YEYING 2017—2019
出版发行	花城出版社
	（广州市环市东路水荫路11号）
经　　销	全国新华书店
印　　刷	佛山市迎高彩印有限公司
	（佛山市顺德区陈村镇广隆工业区兴业七路9号）
开　　本	880毫米×1230毫米　32开
印　　张	8.125　2插页
字　　数	170,000字
版　　次	2021年6月第1版　2021年6月第1次印刷
定　　价	58.80元

如发现印装质量问题，请直接与印刷厂联系调换。
购书热线：020-37604658　37602954
花城出版社网站：http：//www.fcph.com.cn

华清

本名张清华,1963年10月生,文学博士,山东博兴人,北京师范大学文学院教授,主要从事中国当代文学研究与诗学批评,出版《中国当代先锋文学思潮论》《天堂的哀歌》《文学的减法》《猜测上帝的诗学》《穿越尘埃与冰雪》《狂欢或悲戚》等著作十余部,发表理论与评论文章400余篇。曾获华语文学传媒大奖2010年度批评家奖、十月诗歌奖等奖项。曾于德国海德堡大学、瑞士苏黎世大学讲学。涉猎诗歌散文写作,出版散文随笔集《海德堡笔记》《隐秘的狂欢》,诗集《形式主义的花园》等。

一只上个时代的夜莺——致同代人或自己

如烟的暮色中,我看见了那只上个时代的夜莺。打桩机和拆楼机交替轰鸣着,在一片潮水般的噪声中他的鸣叫显得细弱,苍老,不再有竹笛般婉转的动听。暮色中灰暗的羽毛仿佛有些谢顶。他在黄昏之上盘旋着充满犹疑,猥琐,畏惧面对巨大的工地,仿佛一个孤儿形单影只它最终栖于一家啤酒馆的屋顶——那里人声鼎沸,觥筹交错,杯盘狼藉啤酒的香气,仿佛在刻意营造那些旧时代的记忆,那黄金或白银的岁月,那些残酷而不朽的传奇那些令人崇敬的颓败,如此等等他那样叫着,一头扎进了人群不再顾及体面,以地面的捡拾,践行了那句先行至失败之中的古老谶语

2018年10月8日

关于华清,抑或隐匿的张清华(代序)

毕飞宇

一

……他在黄昏之上盘旋着
面对巨大的工地,猥琐,畏惧
充满犹豫,仿佛一个孤儿形单影只
它最终栖于一家啤酒馆的屋顶——
那里人声鼎沸,觥筹交错,杯盘狼藉
啤酒的香气,仿佛在刻意营造
那些旧时代的记忆,那黄金
或白银的岁月,那些残酷而不朽的传奇
那些令人崇敬的颓败,如此等等
他那样叫着,一头扎进了人群
不再顾及体面,以地面的捡拾,践行了
那句先行至失败之中的古老谶语

——《一只上个时代的夜莺——致同代人或自己》

张清华的这首诗写于2018年10月8日。诗中的"他"不是张清华，更不可能是我，他是一只夜莺。夜莺，当然了，他是诗歌的常客。我估计张清华起码在不同的诗作当中读到过一百只夜莺了。让我来估计一下吧，在遥远的三十年前，这只该死的夜莺已经被骄傲的清华拍死过九十九回了。

问题是，2018年10月8日，张清华发现，这只"该死的"夜莺并没有死，他活着，可是很不幸，他的声音嘶哑，同时还谢了顶。我们看到了一只苍老的、猥琐的和畏惧的夜莺。这让我沮丧不已。

还是别忙着沮丧吧，先让我来一段单口相声的贯口：张清华出生于1963年，我出生于1964年；张清华来自山东的乡村，我来自江苏的乡村；张清华在二十世纪八十年代读大学，我也在二十世纪八十年代读大学；张清华读的是师范类，我读的也是师范类；张清华的专业是中国语言文学，我的专业也是中国语言文学；张清华在大学时代写诗，我在大学时代也写诗；张清华在写诗的时候留了一头的长发，我在写诗的时候也留了一头的长发；张清华在大学毕业之后留在了山东师范大学续读文艺美学的研究生，我在大学毕业之后也报考了山东师范大学文艺美学的研究生。——请让我呼吸一下，我想补充一个关键点：因为英语不及格，最终我没能考上。

我和清华的分野就是从大学毕业之后才开始的。在读研究生张清华不仅保留了他的长发，甚至还蓄了须，脖子以上全是毛发，闹哄哄的。我没能考上，特地去理发店搞了一个小平头,这是分野一。分野二就比较严重了:张清华虽然做了学者,但直到今天都没有离开诗;而我在写了小说之后,再也没动过诗的念头。

应当这样说,清华和我都是幸运的,就在我们走进大学的时候,我们赶上了现代汉语的狂飙突进,几乎所有的大学生都在写诗。中文系的在写,地理系的在写,物理系和数学系的也在写。这不是疯了吗?那就疯了吧。我真的渴望做一个诗人吗?那倒未必。我承认,真正让我着迷的其实不是做一个诗人,是崭新的、陌生的和不可思议的汉语,身穿喇叭裤的青年终于回到了他的"春秋时代"——"不学诗,无以言"哪。

因为诗,一个已经完成了内分泌发育的年轻人要重新学着说话了,这是多么的激动人心。在今天,人们回望二十世纪八十年代的时候,很容易忽视一件事,那就是现代汉语的革命。事实是,如果没有现代汉语的新一轮革命,后来的一切都将会不同。我们这一代人真的不骄傲,相反,我们谦卑。历史,这个酒鬼父亲,他欠了一屁股的账,我们没有抱怨,我们一边还债一边学着对这个世界说了一声"你好"。我认为,这一声"你好"里头有感人至深的历史力量。这一声"你好"里有全新的人际,换言之,有全新的生活。

理论上说,张清华也是在这样的时刻开始写诗的。学生时代的张清华是一个好诗人吗?我不知道。但是,有一点是清晰的,张清华在学着写诗的同时完成了他的心灵与感官的重塑。这个重塑是多么的重要,它的结果是如此地丰硕。花开两朵，各表一枝，中国的文坛就此多了一个叫张清华的批评家，同时也多了一个叫华清的诗人。

实际上，我最早读到的不是张清华的诗，是他的文学批评。他的批评文本太接近诗了，也可以说，只有写诗的人才会写出那样的独特的表达。诗是无所不能的，而最为别致的地方就在于，它具有无所不能的概括能力。让我们来看看张清华是如何"概括"莫言和余华的，张清华说，莫言的"加法"和余华的"减法"。莫言与余华，多么复杂的两位天才，而张清华仅仅依靠"加法"和"减法"这两个算术定义就把他们给"拎"起来了。彼得·盖伊说："忍受概括归纳也许很困难，但没有概括和归纳则无法想象。"这句话我只同意一半，彼得·盖伊也许没有写过诗，如果他写过，他对概括的理解显然会豁然开朗。春天来了，"千树万树梨花开"，只有被驴踢过的人才会"忍受"这怦然绽放的概括。

一个时代就这么过去了，这个时代给我们留下了太多，我们如何去表达它呢？这是一言难尽的。多亏了张清华，他天才的和三下五除二的瞳孔盯住了那只谢了顶的夜莺。这是清华的命名。我认为这是清华给诗歌博物学所做的贡献。感谢清华，你这凭吊主义的诗人。

二

　　几个星期后，他亡故的消息传来
　　让我愕然将车停在了半路
　　不过悲伤并没有持续太久，就像我们
　　日渐短浅的目光，气力，与兴趣
　　抑或是邻家女的裙子。并没有恸哭
　　也没有最短的仪式。只有记忆中
　　那模糊的悲伤，与早已淡忘的

　　情谊。……
　　　　　　　　——《怀亡友》

　　这是一首悼亡诗。克制，无穷无尽的克制，几乎看不到情绪。

　　诗作是如此的简单，——诗人驾驶着他的汽车，以现代的方式疾驰在大地上。手机却响了，是坏消息，他的朋友走了。诗人停下车，"悲伤并没有持续太久"。就这些。

　　可这个并不长久的悲伤却如此地打动我。因为在公路上，因为在开车，诚实和悲伤的诗人绝不能放纵，他必须克制。这里的现代性是毋庸置疑的，你不在"事态"里，你不属于你，你被钳制在"高速公路"这个铁定的秩序里，你只能靠泊在道路左侧的那个狭小的空间，片刻。

　　但这首不能抒情的诗恰恰很抒情，但这首貌似现代的诗骨子里很古典。这首诗的秘密就在它的第一句——"几个星期后"。从常理上说，这首诗的母体应该是"几个星期以来"，它复杂，庞大，有完整的来龙和去脉，像一部完整的小说。张清华没有写小说，在并不存在的小说结束的地方，诗人，或者说，诗，它出现了。

　　这太张清华了。这个善良的、易感的、情绪的、偏于忧伤的男人羞愧于自己的情感，"几个星期"以来的一切都被他悬置了。我们什么都没有看见，直到他的手机响起。一个急刹车，好吧，"悲伤并没有持续太久"。"这不像，当年他在朝圣途中的行走"。

　　某种程度上说，这首诗是张清华的性格自传。他有他随性和洒脱的一面，但总体上，他含蓄。他是一个把所有的付出都放在心里而羞于启齿的男人，他是一个内心活动远远多于表达的男人，故而，清华永远在微笑。对读者来说，从无字句处读诗，这是对的，道理很简单，含蓄的微笑并无字句。

　　无论现代主义怎样影响过张清华，也无论他读过多少现代主义诗歌，本质上，清华是中国的，汉语的，古典的，言有尽而意无穷。他学养丰厚，趣味纯正。

三

…………
　　上下翻飞的春天，一样有春梦懵懂
　　孩子在东坡狂欢，玩过家家的把戏
　　搅动着麦苗和粪肥混合的气息
　　野兔在羞涩地跳蹿着，鱼群在水底蹀躞
…………

　　这首诗很不张清华，我之所以对这首诗抱有如此强烈的兴趣，是因为我看到了一个完全陌生的清华。我不认识这个人。这个人原来也很爱"搞"，很能"搞"。

　　东坡，谁还不知道苏东坡呢，这旷达的雅士，这东方文化的巨匠，这个把东方哲学纳入到东方大地上的践行者。

　　但是，诗人所描绘的东坡不是那个东坡。诗人所描绘的东坡是乡野的、粗鄙的、五十年前的，是"大字不识的爷爷"嘴巴里的东边的坡子，简称东坡。这太戏谑了。两个东坡相隔了近千年，前者在构造，后者在消解；构造的是我们，消解的也是我们。

　　我不能说这首短诗可以完整地表达张清华的历史观，但是，作为一个知识分子诗人，清华不可能规避历史。通过这首诗，清华为我们做了一道多么精确的算术题：历史+历史=0。

我说过,清华是喜欢微笑的。清华的微笑让我们如沐春风。但是,黑格尔说,我们总是微笑着和历史告别。清华的告别微笑是标准的坏笑,太坏了。

四

> 一只羊与一匹狼,穿梭于前世的迷津
> 它们互为皮革,同船共渡
> 一百年,羊扮演狼,或者相反的结果
> 最终都丢失了自己。……
> ——《自画像》

这首诗的结尾部分说到了拉康,那面哲学史上最为著名的镜子。它涉及自我,自我观照,认知,自我认知的方式。在我看来,不管这个世界有没有拉康,有没有拉康的镜像,清华都会写这样的一首诗。这首诗有可能送给他自己,也有可能送给他的朋友。这和张清华的眼睛有关。

还是先让我来谈一谈中国画的人物画吧。中国画的人物画有一个特点,或者说,缺陷——所有的眼睛都一样。双眼皮,眼角微翘,稍稍带着一点笑意。我就问一个画家了,为什么会这样呢?画家说,这和中国画的材质有关,宣纸太洇了,用的又是毛笔和墨,只能依靠线条。如果动用了其他的技法,类似于染、泼、皴,一旦洇开,好端端的眼睛就成了俩黑洞。所以呢,在宣纸上，人物的眼神不可能像油画那样丰富。孔子的眼睛，庄子的眼睛，陶渊明的眼睛，李白的眼睛，曹雪芹的眼睛，全那样。哪样呢？就是现实生活中张清华的那样。很双的双眼皮，眼角微翘，稍稍带着一点笑意。俏皮一点说，这样的眼睛高兴起来是羊，不高兴就是狼。

　　羊还是狼？如果不是玩笑，拉康的意义就体现出来了。人是不自知的，人只有通过他人，也就是从"镜像"那里才能看见自己。——这或许是拉康的意义之一。人也是不他知的，人只是通过自己去假想别人。——这或许是拉康的意义之二。必须承认，这让人郁闷。在认知这个问题上，我们的内心也许寸草不生。

　　这首诗叫《自画像》。它是生命的宽度，它是生命的可能。拉康让我郁闷，老实说，清华的诗反而不让我郁闷了。羊挺好，狼也挺好。它们是我们的内心所必备的物种。从这个意义上说，我也许不会做一个中国画的人物画家，所有的眼睛都差不多，这有趣吗？如果你一定要问我，你是谁？我情愿选择清华的《自画像》。

　　　　一场暴雨过后，原野上出现了
　　　　拱形的霓虹，转眼牙齿满地，秋草枯黄
　　　　他们惺惺相惜……

　　张清华的又一本诗集在花城出版社出版了，作为他的读者，非常荣幸，我居然提前读到了出版社寄来的大样。我也手痒啊,就想写点什么。往事全浮现出来了,我的情也深,我的爱也真,这文章写得好哇。清华,它很适合作序哦,你自己掂量,看着办。

2020年12月1日
南京

目录
CONTENTS

辑一　从死亡的方向看

003_ 在疯人院

004_ 记忆

005_ 怀亡友

007_ 梦境

008_ 从死亡的方向看

009_ 博尔赫斯或迷宫

011_ 迷津

012_ 妙人

013_ 乌鸦

014_ 喜鹊

015_ 西瓜

016_ 后主

017_ 李鬼

018_ 飞蛾（一）

020_ 迪拜

021_ 飞越故乡

辑二　普希金的秋天留下来

025 _ 练习曲

026 _ 风月宝鉴

027 _ 宿紫金山

028 _ 枯叶

029 _ 鬼

030 _ 祖父

031 _ 狮子

032 _ "普希金的秋天留下来"——拟古川俊太郎

033 _ 在威海

035 _ 草芽

036 _ 东坡

038 _ 致

039 _ 梦中的湖

040 _ 玉兰

041 _ 石榴

042 _ 成都

043 _ 恰达耶夫和普希金

044 _ 对话

辑三　一步之遥

047 _ 自画像

048 _ 奠

049 _ 夕光中的凝视

050 _ 一朵云

051 _ 幻象

052 _ 蛙

053 _ 梅

054 _ 尼罗河上的惨案

056 _ 一步之遥

057 _ 拟鹦鹉

058 _ 暮年

059 _ 牛津

061 _ 扎加耶夫斯基

062 _ 对峙

063 _ Me too，或多米诺运动

065 _ 星空

066 _ 镜中——拟张枣

068 _ 向晚

辑四　黄昏时刻的诸神

071 _ 黄昏时刻的诸神

072 _ 蚌

073 _ 风中之柳

074 _ 智能机器人

075 _ 跛子

076 _ 梧桐

077 _ 旷野

078 _ 神偷

079 _ 石头城

080 _ 梦境或拟达利

081 _ 少年派

082 _ 悲鸣

083 _ 狒狒

084 _ 老贼——拟程维

086 _ 野火

087 _ 泡沫

088 _ 秋日西湖

089 _ 师大上空的乌鸦

辑五　西北风怒号的上午

093 _ 暴风雪

094 _ 无题

095 _ 西北风怒号的上午

097 _ 飞蛾（二）

098 _ 血月

099 _ 柿子

100 _ 燕园入门——拟臧棣

102 _ 空白

103 _ 月光

104 _ 冰海沉船

105 _ 岁暮

106 _ 马头琴谣曲

107 _ 路

108 _ 赋格

109 _ 游园记

110 _ 草的榜样

111 _ 青山

112 _ 元宵月

辑六　抑郁症中度

115 _ 春水

116 _ 猛虎

117 _ 桴

118 _ 野有蔓草

119 _ 年谱

120 _ 梅花

121 _ 闹鬼

122 _ 抑郁症中度

124 _ 悼霍金

125 _ 偶然

126 _ 土

127 _ 无题

128 _ 一簇矢车菊

129 _ 在星空下

130 _ 锣鼓

131 _ 重庆

132 _ 霾

133 _ 送亡友

辑七　毕加索或艺术的辩证法

137 _ 石头记

139 _ 告别

141 _ 毕加索或艺术的辩证法

142 _ 雪夜

143 _ 潜伏

145 _ 一朵马齿苋

146 _ 读义山

147 _ 夜色

148 _ 飞

149 _ 在牛津伯德利图书馆

150 _ 康桥记

151 _ 菩提

152 _ 博物馆——拟辛波斯卡

154 _ 苏丽诃

156 _ 木乃伊

157 _ 开罗

159 _ 清明雪

160 _ 回程：波音777

辑八　魔鬼的一刻

165 _ 瘦西湖

167 _ 怀念伊蕾

169 _ 魔鬼的一刻

170 _ 临窗春雪

171 _ 流浪者

172 _ 古镇实录

173 _ 灵魂出窍

174 _ 苹果

176 _ 夏娃

附录

179 _ 批评是对话，也是创造——答峻毅问

205 _ 诗歌写作关乎生命——答舒晋瑜问

231 _ 后记

辑一

从死亡的方向看

在疯人院

那座郊外的破旧建筑里圈养着
一群荒芜的灵魂。

时光的衣着黑白相间
被药物抑制的安静和缄默

当我注视
他们深若黑洞的目光,他们已把我
淹没到一座由讶异围拢的瓮中

一个惊人的事实,是他们几乎叫出了
我和友人的名字

在这座梦中的疯人院里
挤满了奇怪的思想和面孔

2009年11月3日

记 忆

在那些斜阳稀疏
和暗淡的秋日,光线洒落在我们的
背上。我们静静卧着,并不说话
窗外是白杨叶子的沙沙声
我在捋着你浓密的头发,或抚着你
温软的乳房,而你,在傻傻地想着什么
褐黄色的眸子里
泛着散淡而兴奋的光
那种熟悉的气息,被一只古老的坛子
封存到了这个春日的
阳光灿烂的早上

2017年3月

怀亡友

几个星期后,他亡故的消息传来
让我愕然将车停在了半路
不过悲伤并没有持续太久,就像我们
日渐短浅的目光、气力,与兴趣
抑或是邻家女的裙子。并没有恸哭
也没有哪怕最短的仪式。只有记忆中
那模糊的悲伤,与早已淡忘的

情谊。我设想他,静静地
卧在那里,英俊的面孔上
而今长满了胡须,头发过长
显得落魄,遗容未曾整理
病得太久,让他看起来已像是一具干尸
浓妆后的粉饰,反显得虚假和草率
有一袭白布加盖,表明他并不够格

一面鲜亮的旗帜。但可使寥落的凭吊
不至于尴尬和恐怖

我并未抵达现场,只是想象着
会有一两下雷声,会有一阵悲怆的急雨
儿时那些豪迈的情景,那些假定为
没齿不忘的交情。然而街景喧嚣如故
所有的车子都在将我绕过

或超出。不过,这已比他别的消息
快了几倍,那些消息在路上
走了将近三十年
有些渐已掉队。这不像
当年他在朝圣者途中的行走,三天三夜
他不曾疲倦,也不像我们的悲痛
早已在这深秋的梦中绝迹

2017年8月

梦 境

原野上的一只小兽气喘吁吁
当她对我开口,红唇中露出了宝石
晶莹的石榴。那八月的甜蜜始自
五月的火红,花瓣褪去,露出了胀鼓鼓的
小果子。但奇怪的是,它并不柔软
石榴的枝杈并不回避,那婆娑的衣服
让它的身体轻盈,看起来如一只风筝
从东邻的篱笆翻墙而出

有关石榴的故事大约只能讲到此
必须要交代的是,在达利的绘画中
它的开裂中飞出了一条鱼,而鱼射出了
投枪,投枪指向一个梦中女人的
性感裸体。而这一切,则是出自一只虎
张开的血盆之口。对我来说
在这样的画中,我只能是一只
在远处徘徊的大象,从龟裂的海边泥土中
将陈旧的记忆慢慢翻出

2016年5月

从死亡的方向看

"从死亡的方向看"①
莫过于有一扇坟墓中的窗户
那里有一盏如豆的灯光
白昼时不被觉察
但在夜晚会容易被当作鬼火
一只骷髅用黑洞观察世界,用
夸张的祝福招呼过往路人
并追赶他们的梦与黑夜
一直追到他们大汗淋漓的床上
追到他们大雪中的暮年
人迹罕至的荒野与废墟
最后他的脚步停了下来,有一阵
细微的喘歇。他随处找了一个
观察的角度,在三月的花期里
他最后看见的是
一张缩微如方巾的爱克斯光片

2017年3月

---

① 仿多多诗句。

博尔赫斯或迷宫

在致盲之前,世界戴上了墨镜
不合时宜的美景退居一旁,如蒙上了灰土
天空黑得早了,未到南半球的冬季
世界已提前呈现了死亡
用哲人的说法——
是昭示了存在。伴随夕照红霞的幻觉
如蒙面后又遭劫持,一阵急雨
在葡萄架上没来由地敲击①
让你疑心,你亡父的灵魂徘徊不去
因为恐惧,你对于光和上帝
都充满了敬意②。生活
变成了没有结局的迷宫,谁
在带你绕来绕去,导盲犬在不断地
提示,指示着冥冥中那唯一的出口

出口处,另一个博尔赫斯③

---
① 见博尔赫斯《雨》一诗。
② 见博尔赫斯《镜子》一诗。
③ 见博尔赫斯《迷宫》一诗。

那白发苍苍，业已完成，功德圆满的
老翁，在如约等候
当你们紧紧拥抱在一起，命运显现
站在北半球的我，从你的背影中看见了
照亮黑暗和真理的闪电
这春夜里让人备感惊悚的一幕

2017年6月

迷 津

他在回忆,在眉飞色舞地交谈,在叙说
他的历史。那雪峰的壮丽
与人世的龃龉。他,韩信一样的少年
坚忍,屈辱,内心有鸿鹄之志
而后是漫长的旅途,疾病般如影随形
的爱情,他的荣光,横扫,征服
鲜花和掌声如奔腾的河谷

他在讲述,眼神如流星
从你近前耀眼地划过。但此刻
所有的字正腔圆都只剩了空荡荡的音节
你两眼发直,目光飘忽,魂魄早已飞至
爪哇之地。这是怎样的一场谈话
铿锵有力,仿佛离真理只有半步
但当他讲到这里时突然停顿……

那时你忽然想起,自己仿佛刚刚渡过了
一条前世之河的迷津

2017年4月

妙 人

多年前，我第一次见到你
秋光中的你如一棵行走的小树
枝叶纷披，腰身摇摆，仪态多姿
后来我告诉你那时我的感觉
你真是一个妙人——
但说这话的时候其实我
并不知道你妙在何处
妙人的真正意思，是我多年后才知道的

2017年6月

乌　鸦

它有庸俗而单调的叫声，还排泄着
与它的毛色截然相反的白色鸟屎
它没有巢穴但却家族繁盛
有遮天蔽日的翅膀，在黄昏和树梢的上空

惊人的一点，是它有牢固的种族记忆
在摩天大楼的街区，它还记着
那时它祖先留宿的坟冢，一片
百年前的荒芜，与幽僻

它的晚礼服看起来有点脏了
它睡眠的方式令人厌恶且揪心
它们成千上万留宿于枝头，宛如黑色花朵
如死神抓牢了大风呼啸的夜空

2017年11月

喜 鹊

某些记忆如同不期飞回的鸟
比如现在,两只喜鹊正在窗前的树上
叽叽喳喳,但喜事并未降临
当它们意兴既寂,又不辞而飞
让一个出神的人陷入了回忆
让他想到,或许也是某生某世,某个早晨
你们也是相拥在窗前,刚刚做完一件
习惯的事情。或者也许只是相拥在一起
任凭体温上升,像两只加热的水瓶
无福无祸,无忧无喜,什么
也没有发生。时光停在玻璃上
安详,温暖,除了喜鹊的叽喳
和时钟的咔咔声,世界一片寂静

2017年10月

西 瓜

上帝的万千造物中唯它是个尤物
它的脆弱和坚硬在深度纠结
鲜红的内部,仿佛梦中的一闪
让人充满残酷的联想,与血的渴念
或者还有,充满色情的隐喻?
这虎豹般的花纹昭示着一种凶猛
以及潜水般的性感。与安谧
这阳光与水的杰作,多汁的现实
被审慎紧紧包裹,等待一只手,一把刀
或者矜持与紧致中,无法自控的炸裂

2017年5月

后　主

昨夜闲潭梦落花，他便有些
受不住了。这可不只是弱者的忧心
当然也不是万古无由的悲催
无事生非，需要的不只是才华和心态
还要有帝王的家财，花园，和女人
还要有那样的春江，月夜，扁舟
不管前世是谁托生，今生只是阶下囚
这也没什么大不了的，江山可以丢弃
美人更由不得你，千古风雨一诗囚
是最体面的说辞和理由
只要有它就可医病身，加餐饭
就着这多汁多味的万斛闲愁

2017年9月

李 鬼

谎言的效用可以是黑夜惊魂
他因为一个名字而得以轻松剪径
并注定与另一个肉身相遇。真身
与替身怎可同日而语,谎言与真理
也不共戴天。只是真身口啖假货
亦并未让我生出快意,因为
那炙烤的味道飘散了千年
仍然有一些焦煳的腥臊

2017年5月

飞蛾（一）

这个夏天里最后的一只飞蛾
守着它最后的黄昏，最后的一盏微火
最后的安息日

它死的样子并不壮烈，它只是
围着火，缓慢地挣扎，缓慢地飞
直到单薄的身体慢慢僵硬……

变成遥远时光的一个投影。又仿佛
被寂静囚禁的一粒尘埃，或是
历史肉身上早已蜕落的一个赘物

这个夏夜，我举着鬼火般的手机
注视着这场古老的火葬，没有仪式
只是闻见了若隐若现的焦煳气息

当我累了，作为看客，最后听见了
一片树叶的沙沙声，伴着灯火旁这只

渐渐安静下来的飞蛾的尸体

仿佛什么也没有发生……

2018年8月

迪 拜

豪华烤箱中灼烤着这一只
夹馅的面包。它的香气
穿越海滨摇曳的椰枣林,以及黑衣女
腰肢般荡人心魄的乐曲,摩天楼
如插进这美味的刀叉
大海也燃烧着蓝色的火苗
炙烤着沙漠之上,万里无云的晴空
唯有黄金的财富,与那黑袍中的美目
透着冰雪般宜人的凉气,让你期待
它的刀锋,插入你着火的背脊
以及阿拉伯新月的裙底

2018年7月

飞越故乡

透过稀薄的云层他看见了
这星球上最小的伤疤
如一块最小的苔藓,在众多的苔藓中
细小、耀眼,但已痊愈

一块带血的疤痕。在秋日荒芜的额头
一块显得陈旧的苔藓,在迅速地后撤,躲藏

他看见——
大地中央闪着巨大的光晕
在云系的核心,那只怪物的独眼,那只黑洞
那永恒的墓地,在吸走
他记忆的体温

2016年7月

辑二

普希金的秋天留下来

练习曲

它所有的要素一应俱全
它是美的,美到每寸皮肤的光洁
它以精致的音符搭成这条路
通往风景的目的地。上帝的花园里
风光旖旎,鸟声呢喃,泉水汩汩
霞光在天边招呼,但它却美得空无一物
没有人影,没有一次性的
生,死,悲,欢,喜,怒,忧,惧
这条完美的小路,纵有千般景致
终究只是一支练习曲

2018年2月

风月宝鉴

这世界最绝妙的反讽,它有互悖的两面镜子

美丑同体,对立,正反间有奇妙的
沉瀣一气。最重要的仍是她的身体,肉与骨
生和死,诱人与可怖,逗引和拒斥
都是如此紧密,紧致。囚禁于一块
细脆的玻璃,或是一片薄薄的青铜
与有毒的水银之中,哦——瞧——

她出来了:带着妖娆的鬼魅与烟气
招摇着细如凝脂的手指,随风撒着迷魂散
不经意,还要掩饰着她叮当作响的白骨
声音里带着让人魂飞魄散的娇颤
镜像翻转,长指甲划开春色荡漾的涟漪
啊,什么在反面轻扣,有水银洒了一地

一面失明的镜子,最终收回于枯井之中

2018年8月

宿紫金山

在星空，瓦蓝的天幕下，它似乎仍在上升
密不透风的树林中，包含了太多秘密

众多的野花兀自开着，行人兀自拥挤
有雷声在远处，隐隐提醒夏日的危机

看这山，它幽暗的墨绿藏起昔日的王气
形而上学的描述，曾散发着金属的磁力

这衰朽的，葳蕤的，有着幽灵和死的气息的
这丰茂的，短命的，充满起死回生之魔力的

……隔窗远眺，仿佛我是多年后的另一个人
在观看绿幕后，一部画面斑驳的老电影

2018年8月

枯 叶

必须要看到这枚叶子，它壮观的内部
即使是一片再普通不过的叶子——
原野的广袤，和沟壑的纵横
被浓缩了的火焰与汁水
脉系发达，有日落日出，有月光普照
甚至田野的房屋幢幢，炊烟依依
叶脉中有河流的轰鸣，瀑布的喧响
有日午时分田畴的祥和，与安谧
有依稀的虫鸣，秋蝉爬行的痕迹
有星空的图谱，宇宙永不停歇的轮转交替
有王朝的塌陷。犹如抗拒者的下坠
连同它的枯干，死去，还有关于
这一切的记忆……

2018年11月

鬼

无头的,没有面孔的,黑的……
你尽可以用一切的恐怖
来设想鬼。可是鬼通常并非如此
它是一缕烟,一股气,一朵无形无温的
吞噬的火焰。或是风姿妖娆,流水潺潺的
一道风景,有美人的气息,五官
或者更诱惑的冰肌,玉肤,以及其他
妙不可言的,镜子里的身体……

2018年12月

祖 父

他长久地蹲在那古旧的屋檐下
终于唤来了那场大雪
铺天盖地,染白了他自己
黑色的皮袄。树木化为了经幡
小屋变成了墓地,炊烟升起为
祖先的图腾。他自己则用瞭望的姿势
将自己化为了颓圮田园中
一座走动的雕塑

2018年9月

狮 子

虽有丛林中无可比拟的勇猛
却无法驱除眼角上那一群渺小的蚊虫

它走着,尾巴一甩一甩,眼神充满怅惘
步履散漫,茫然而并无方向

……目睹这百兽之王,他忽然心生
怜悯,因为这一刻,它竟是如此无助

2018年6月

"普希金的秋天留下来"
——拟古川俊太郎

普希金的秋天留下来
水晶棺材也留下来,只是
铜像不只屹立在阿尔巴特街
还会居留于永不失传的笔墨之间
并使那些字与句子
繁殖出更多的子孙。它们像漫天的蒲公英
飘落在初秋的原野
然后又成为冬日漫天的大雪,最后掩埋了
一切真正或试图的——不朽者

2018年9月

在威海

在所有的大海中,它
有同样的晦暗。同样的波涛
喧响着,同样的翠绿堆积在海岸
同样的阴雨,阴郁,与清凉。
面对大海,语言是无效的
沉默同样也是……假如你是一只海鸥
你能飞多高?假如你是一条鱼
你能游多远?假如你有哲人的头脑
你能够说出多少警句
假如你是王,你又能站立多久
那一统江山的秦皇
来此并没有留下半个字
那曾不可一世的征服者至今
也只存下了枯叶般耀武扬威的几帧旧照
便是那折戟沉沙的悲壮,在历史上
又能占得了多少篇幅
后来者又如漫山的青草
依旧茁壮,茂盛,随风倒……

在壮丽的朝阳或凄美的黄昏中
真正绵延不息的,仍是那大海上
变幻涌起的无尽波涛

2018年8月

草 芽

一场野火之后
一棵小草,从一堆祖先的灰烬中
钻出来,它稚嫩地抖落
一身的黑暗,迎着春风
在早春的阳光下颤抖
泥土已经在它的下面
松针和另一颗草籽也已在它下面
刚出蛰的蚂蚁和蚯蚓也在它下面
……仿佛一个梦境刚刚离去
一床旧棉被才被揭开
它和它高高低低的兄弟们
用一场并不齐整的早操
踏出了这片怯生生的新绿

2018年3月

东　坡

这个"东坡"距我未有千年
它和我只隔了五十余载
又五百米。在我故乡以东的田野
被我大字不识的爷爷叫作东坡
童年的小场院,抵着人民公社的墙根
简陋、半裸,但热火朝天
我们将这里看作世界的中心,红旗招展
口号和铁锨在黄泥中上下翻飞

上下翻飞的春天,一样有春梦懵懂
孩子在东坡狂欢,玩过家家的把戏
搅动着麦苗和粪肥混合的气息
野兔羞涩地跳蹿着,鱼群在水底躁躞
精瘦的土狗在追逐发情的另一只
一头公驴伸出了硕大的肉具
声音高亢,像要用它的歌唱
盖过公社字正腔圆的喇叭

当我乡音未改,但鬓毛已衰
当我在五十年后再次寻觅,这早已陌生的
田地,倏忽想起了"东坡"二字
恰如忆起了两句诗:人似秋鸿
来有信,事如春梦了无痕……

2018年5月

致

世间的万象中最适合你的比喻
是一座行走的旧房子。你的房间对于我
是如此熟悉,珍宝和灰尘
藏在哪里,我一清二楚,哪里有
温暖的炉火,安谧的密实,可疑而
拥挤的角落,你我都心照不宣
哪怕你一点点颓圮,一点点残破
对于我,都是想死的温暖与高度
我必须相依为命的另一半,我的
有一点纷乱,有一点蒙尘,有一点
恩怨纠结的旧房子……你走来走去
步伐不再灵敏,节奏渐渐不再轻盈
但却成为我毕生最后的
唯一想安享终老的旧房子

2018年5月

梦中的湖

有那么一个槐树林围绕的夏天
他们迷失在一个幽僻宁静的湖塘边
迷失在密集的蝉声,与昏热空气的窒息里
湖水安详,不曾有一丝波澜
一只小舟系在岸边……
在梦中的这一个湖,他一生只去过一次

2018年7月

玉 兰

她带着喘息的绽放,如一场盛大的仪式
一晌春日的贪欢,众女神趁春风自醉
策动了这场癫狂中的游戏。她们自备嫁妆
用了白雪,红焰,或绛紫的忧伤
宛如酒后乘兴泼墨的自画像
玉体横陈,万马千军停下北上的脚步
围观或窥探,这场惊世骇俗的人间大戏
但她们毫不介意,兀自以傲人的赤裸绽开
这时光的天体,第一场春之序幕的和声
听,她们的呻吟渐次低沉,叹息
由轻柔到高起,最后化为了一场
密集阵脚的春雨,以及云收雨散之后
耀眼夺目的万道云霓

2018年3月2日

石 榴

再次写到她，我笃定，她已不再是裙下的
石榴。秋日里她那陡然的绽开，朗笑声
让我惊异，仿佛一瞥惊鸿让人不能放下
让我有了一分钟的感伤，甚至一颗
未曾流出的泪滴。我知道，手捧这丰盈
去怀念五月的榴花不是办法，我只有打开
打开那密实的宝物，我要品尝
那些宝石的冰凉，那些成形但未曾流落的
泪滴。或是眼泪后忽然幻变的漂亮牙齿
我要从第一颗翻到最后一粒，直到她
最后的灿烂，那一抹霞光般的笑容
变成岁月的残渣，记忆的空洞。哦，石榴的
骷髅——这宝藏的废墟，还有碎片的表情

2018年9月

成 都

西岭之雪映着千秋的冰凉
围成这城郭的画屏,两千年的锦官城
一万里行路的舟楫,都已被那卷册
收为画轴。并已煮进世俗的欢娱之中
少不入蜀中年入,早先未入今日入
前世不入此生入。让我来看看
这玩物的茶馆,丧志的美食,以及这热腾腾
必须众人一起高声吆喝的火锅
看它们能把我怎么的?
龙门阵上无老少,都被林立的高楼
圈于麻将局里。大不了,那草堂的端庄
只是衬着短裙子的轻薄,纵然有
丞相祠堂的庄严,我也再没找见
那位旷世仁君的巍峨殿宇

2018年9月

恰达耶夫和普希金

在冰雪上屹立着俄罗斯的灵魂,和黄金
冰雪的,青铜的,昨日的灵魂,他们
在我视线消失的地平线上迤逦行进
一如伏尔加河上的拉纤者
他们疲惫的,被鞭笞的背影
他们下地狱的心,拥抱着,用血
书写着苦难的过去,不断循环的未来

2019年10月

对 话

"我感觉自己生命的灯快要熄灭了……"
"那我会赶在你之前,先行熄灭"

亲爱的,真正的爱,不只是用光明互相照耀
更是用黑暗互相交融,以死亡紧紧拥抱

2018年12月

辑三

一步之遥

自画像

一只羊与一匹狼,穿梭于前世的迷津
它们互为皮革,同船共渡
一百年,羊扮演狼,或者相反的结果
最终都丢失了自己。沿着变幻的丛林小径
它们滑行而下,辙迹如雪泥上的指爪
各自走散,扯起了传说的围墙
抑或流言的幔帐。忙着用诚实的窘迫
将自己画成羊,或者狼
一场暴雨过后,原野上出现了
拱形的霓虹,转眼牙齿满地,秋草枯黄
他们惺惺相惜,彼此看着日渐衰败的对方
想起了那句充满哲理的格言——
依照拉康的说法,任何对他人的观照
说到底都是属于自我的镜像……

2018年5月

奠

一场大火之后,是鸣叫着的急救车
疾驰而过。仿佛卧于花丛中的
不是一具尸体,而是一个逝去的年代
寿终正寝,正悄然接受祭奠
人们从四处赶来,闻见焦煳的气味
看见他面目衰老,苍白的脸上
被涂了厚厚的脂粉。这场扑朔迷离的
事故中,是迎头相撞,还是雾中追尾
并未有人说得清楚。总之在哀乐中
他已安卧,以死来终结案情,做到了
守口如瓶。作为局外的吃瓜群众,我们
流着廉价和同情的眼泪,很快散去
究竟后事如何,已无人苦等
现场照片旁赫然印着的,是一行
含混的字迹:如果要知道真相——
请等待来自官方发布的权威消息

2018年9月

夕光中的凝视

佛在夕光中静静地注视
注视着山涧,炊烟和雾岚弥漫着
羊群归来,末尾走着最年轻的一只
牧羊人鞭梢在空中挥舞着,一个
拐过山脊的行路者,此时突然拐出
与这景致撞了个满怀。佛注意到了
蹒跚而行的它,这世界最小的羔羊
黄昏中最迷人的弱小
它无辜而干净的眸子
佛看着它,听着那动人心魄的咩叫
一伸手将它搂进了自己的怀抱
并将白雪的鬓发和胡须,盖到了它那
娇小而单薄的身躯上……

2019年7月

一朵云

白于一朵棉絮,轻于一根鸿毛
一朵云,飘于一千米的空气之上
当我穿越它的身体,来到它的上面
我看见同样的虚无,只是换了一个方位

这漂亮的云朵,让我的信仰发生了变化
那有着九重楼宇的天堂,不知建在
什么地方,那至高无上的神,又
宿于何处?一朵云不小心揭出了
天空的秘密,那暴烈的太阳
无中生有的雷电,纯粹是幻形之物

在稀薄而透明的视野中,距离越近
造得越像,便愈来愈显得虚妄
但不管怎样,这朵云的虚构能力
还是让凡夫俗子的我,迷惑了半生

2019年6月

幻　象

五月的大风呼啸着
阳光卷起了漫天的砂砾

长空中，一只傲慢的鹰
在翱翔着，渐渐

分蘖成了几只乌鸦的黑影。
还不到黄昏，它们为什么盘旋？

很快，鹰汇聚的翅膀，化成了
一只飞舞着的黑色塑料袋

它就那么在高空中悬浮着
忽上忽下，忽左忽右

最终变成了目击者眼中的
——无法驱走的飞蚊症

2018年5月

蛙

它从春末的浮萍中钻出来
犹如一个小心的探索者,过分的审慎
打量着四周,水面的波纹,风
任何东西,什么在微微震动
夏日的气息在凝聚,天边有隐隐的雷声
白鹭鸟在十米远处栖息,戏水
蜻蜓在水草尖上悬空,似停非停
它就那样观察了一阵,和有史以来
时间的松弛与历史的紧张一样,这天籁
沙沙响着,如水纹演奏一段无声的旋律
阳光洒下来,夏日的宁静笼罩着
它停了一会,像它的祖先一样,排下了
一汪五颜六色的卵子,又
悄无声息地沉入了水底……

2018年6月

梅

在春风的序曲中她最先出场
借故于一场雪后的初霁
她的跳跃是这样轻逸,轻松,有
江南丝竹或弗拉门戈式的忧郁
尤其在黄昏的山坳,这满是隐喻的
凹陷处,隐秘的薄暮中。听,她是
以弹拨的节奏,秘不示人的声息
星星点点,以小巧又光洁的裸体出现
绽放得灿烂多姿,毫不犹豫

2018年1月

尼罗河上的惨案

比金钱和富有更恶的,是古老的
妒忌。比妒忌更危险的
是戏剧中的仇恨,与设计。这条船
除了热带的风景,鸡尾酒会,眼镜蛇
一般的毒妇,还有不入流的作家
概念化的愤青,面临被解雇的女佣
心怀鬼胎的管家,以及自私自利的律师
……但幸好,在这一切的近旁,还有着
上帝般明察秋毫的绅士。以及那看起来
脱口秀式的幽默,和慢了半拍的机智
过分笨重的身躯,噩梦般总赶不及现场的
脚步。以及自嘲为"比利时小人"的狡黠
还有背后,那些简单而又唬人的精妙逻辑
每个人都是凶手,至少是可能,但最终
多数人幸免局外,面对死者的血
他们一样都吓得面如土色,浑身颤抖。
最后,印象深刻,也最令我惊异的是

当一堆尸体从船上抬出，背景呈现
那尼罗河水，居然是一池童话般
忧郁的碧绿

2019年3月

一步之遥

空气的硬度大于冰的硬度,两颗种子
止步于一棵树的距离,两双燃烧的眼睛里
横亘着这支,叫作探戈的曲子。多么优雅
恰切,在力与虐的节奏里来来去去
掌声,注视,他们刚柔相济的舞步
以及不断后退的机制,一步的距离,那保持

……是这样精准,精致,有时他们的肢体
紧紧相贴,任摩擦的热与力,都在舒放中
升华,且节制。听,这旋律中的对话
玫瑰绽放,进退自如,两个声部如胶似漆
那致命的隐喻,已经在嵌入和抽离中
完成了——单纯如冰雪的能指

2018年5月

拟鹦鹉

碧绿或杏黄的羽毛在斑驳的树荫下
透着良好的营养,主人的笼子
也以镏金装裱。花园如此美丽
草木葳蕤,她身着盛装,蹲在人形支架上
开始了学舌的歌唱。听,丝竹乐
就在不远处伴奏,学舌的节奏婉转动听
仿佛林木的重彩交织着云朵的淡墨
她将假唱的繁盛模仿得淋漓尽致
听着这冗长的啁啾声,枯坐者的身体
向后倾斜,渐渐化为了一根
长满耳朵的枯木……

2016年7月

暮 年

露白的暮色如同稀疏的白发
一颗大星在地平线上越发暗淡
端坐于秋风，风吹起枯草
烛燃于黑夜，烛泪漫漶，已燃到了尽头
暮年的飘忽跳跃着似断又续的火苗
天空已起身告辞，收起他手中的镜子
镜中的大雪一闪而过
命运之神动作迅疾，如同一道鞭影
掠过骨瘦如柴的赌徒，看着他
弯腰收起了最后一笔赌资
也看着：委地的撒旦收起了蛇的信子
上帝则收起了晚霞中玫瑰色的最后一缕

2018年10月

牛 津

带着时光的锈迹,这青铜的牛津
从古渡口悠闲地泅渡:仿佛
中世纪一个巨大的梦境,这头年迈
而优雅的牛,英式的步子,绅士的气度
行进于古老的时空。化身为古树旁
颓败的小教堂,刻着无数名贤印记的楼宇
与十字架,化身为行色匆匆的路人
打着领结的街区,庄严而又闲散的步履
铜质的权杖只是用来衬托学术的威仪
黑色长袍中裹着智慧,神父的灵魂
长眠于荒草中,那些烦琐的教会仪典
化成了今日学子们洒脱的气质。呵
啤酒屋中的牛津,黄昏中幽灵般出没的
牛津,牛顿的牛津,钱钟书的牛津
在晚礼服中出没的牛津。神话与罗曼司
依然刻在屋檐与街角……这样走着
它摇摇晃晃的背上,出现了
那个半裸的现代女神,她手持

大不列颠的法典，还有一部时尚款的
苹果电脑，慢悠悠，经过这旅人
旁观的视野，在夏日的黄昏中
融入了弥尔顿的诗篇

2018年7月

扎加耶夫斯基

"尝试赞美这残缺的世界",尝试
做你敌人的奴仆。谦卑,顺从,仍保有
宁静的内心,与它的强悍保持着
柔软的适应性,鞭子落下来,铁幕
垂下来,你以肉身接受。这耶稣的方式
扎加、耶夫、斯基,念着这陌生
又奇怪的名字,如同一片"树叶
在大地的伤口上旋转"
比铁更强韧的是肉,比仇恨更持久的
是忘却。你站在历史滚烫的入口处
手持火山或地狱的入场券,站姿一如
"修女般的白鹭",演说着修辞的绝对
与失败,让你那些感到心虚的仇人
也渐渐不屑一顾,感到无奈和无趣……

2018年9月

对 峙

它自恃狡猾与聪明,站到了
一枚塑料蝇拍上,主人的犹疑
在它的上方停留了一秒,不得不移开
它的双手搓擦着,似乎要体现着一只苍蝇
是如何讲究卫生,并不忘保持
机敏的警惕性。当它洗了一把脸
挑衅般迅速地飞起,让我
这一分钟的暴政停歇了片刻。我
扔掉了手中的拍子,轻骂了一声
避免了一场习惯性的流血事件……

2018年7月

Me too，或多米诺运动

哦，世间最容易上瘾的游戏
对吗，Me too，一道闪电撕过，才有了
这尖厉的风声，Me too
你的小闪电，带着电荷飞过
如一道响亮的鞭声，撂倒一只
又眼看它匀速地扑倒比肩的邻居
并通向危险而好玩的目的地
Me too……

多米诺，悬崖，倒掉的游戏
昔年的性感美丽，妖娆中恰到好处
或过犹不及的裸露，挑逗，Me too
哦，来啊，加入这浩大的嘉年华
嘉年华会：观众与苦主
法官与罪犯，仿佛正在
一座古罗马的浴场中摩肩接踵
Me too……

或许这就是弗洛伊德所说
在"梦中的赤身裸体"
这经验令人兴奋、尴尬而又惊惧
Me too,挤到旁观者位置的在侥幸
被围于中心的正筛糠,男人们
从历史的原罪里倒了下去,溅起一堆
陈旧不堪的污迹。哦,Me too
谁正在从他人的眼泪中

获益,满足了售卖,或是不健康的
窥视欲,Me too,小闪电有足够的快感
足够撕开你那张薄薄的人皮,哦
Me too。正义与邪恶将永远一起降临
如黄昏时华灯初上的潮水
耀眼的镁光会一直闪耀下去
在那些撕打者的持续至天明的

噩梦里。兄弟啊,你真的喜欢那种
同归于尽的方式?……呵呵,Me too

2018年9月

星 空

上帝和众神注视着下界,他们的眼睛
有着大小不一的光芒,他们盯着
那些敬畏或者忽略他们的生灵
不知疲累地辨识着:善,恶,盗,匪
人间的孽种,这世界中最不稀缺的
垃圾,渣滓,逢迎的里手
抬轿子的行家,卖主子的犹大。而他
只想着以下地狱的肉身,做无望的
救赎。看着那些死与生,悲与喜的上演
镌刻与速朽,辇舆与华盖的点缀
以及星空下,百年前的蚁穴
与万年后的尘土……

2017年10月

镜 中
—— 拟张枣

镜中的人反转着她的妩媚
那一刻钟表的指针指向过去
阳光斑驳,或许是某个有凉意的春日
镜中人的沉默一如林中小鹿
丝绸的花瓣在地衣上凋谢
无声的,默片的,如潮水般涨上来的
画面,宛如《圣安东尼的诱惑》
那一刻,一个高而且悬的镜头
压住了悬浮城堡下的气球,以及
镂空的岩石,岩石中饱满的胴体
喘息声,加上放映机的咔咔声
十字架仍以原罪的姿势伸向空中
象群和蚊子列队走过时光的虚空
有什么在一片温婉之唇上爆裂
化作了大荒的郊野,或是少年的漫天繁星

"只要想起一生中后悔的事

梅花便落满了南山……"

2018年7月

向　晚

青铜渐次向炉火抵近，人间的灯盏也
不甘示弱，它们用七彩的光亮
争夺精致的幻感。此起彼伏，依次亮起
哦，此刻的人间，若海上蜃景，悬浮于
地气之上，这幻美的玻璃世界
促狭的空中挤满了窗户，万千的炎凉
冷暖，恩怨，情仇，万千形色的悲
或喜，愁与欢，都汇集于这
空中楼阁的一刻，你看见夕阳的燃烧
看不见那些窗内的面孔，看得见长天的
黯淡，看不见万家墨面的眼睛，他们将
世事和表情藏掖进厚厚的冬衣
裸露于空气中的，只有他们冒着白气的
呼吸，和窗户上陌生如星子的剪影

2019年5月

辑四

黄昏时刻的诸神

黄昏时刻的诸神

黄昏降临的时候诸神现身
他们彼此呼应,亮出巨大的翅翼

乌云凑够了热闹,地平线尽头的
闪电,用暗蓝隐喻着诡谲的气氛

天空低垂下来,大地渐渐变轻
风尖上耸动的叶片跃跃欲试

暮色如此凝重,时光开始读秒
行路人浑然不觉,衣袖里鼓满了西风

2018年8月

蚌

它在黑暗中持守,安静如
夏日的清凉,夜曲的湿滑
与温柔。熔岩的幽闭在风的叩击中
轻轻翕动,如E弦上细如游丝的滑翔,它
以无声的风暴张开了无限的肉身,嘴唇
与翅膀。水的,骨的,无骨的……
这梦境或故乡的
原初形状。那张开的姿势
足以令你铭记一生

2018年5月

风中之柳

它把少女一样的发梢
向上撩了一下,恰到好处地
又落下来。水面的波纹
刚好记下这一刻,又将这发梢
捋了一下,如同一面
荡着涟漪的镜子

它的腰肢摆了起来,把整个秋天
扭成了一件杏黄色的旗袍

2018年9月

智能机器人

它有灵巧的身体,金属之内
植入了丰富的包线,神经,它小小的芯片
便可取代愚智不一的人脑,冷硬的
骨骼之外,以硅胶转换肉感
弹性适中,甚至可以给予体温,光滑
而富性感,乳房不会有大小之差
一切都可高度对称,甚至有内置的
阴道,或安装就绪的男权——
一个仿照的菲勒斯
中心主义的物体。这时,一个准夏娃
这时代一件最新的杰作,已用高仿的
美声,预告了后人类时代的到来

2017年11月

跛 子

跛行的人行走在黄昏的街道上
脚步细碎,摇来晃去,像只虫子

他肩膀一耸一耸,嘴角抽搐着
神情看上去像个委屈的孩子

他一瘸一拐,在广场边挪动着
焦虑的女人在一旁守护,亦步亦趋

此时我知道旁观有时是多么侥幸
我停下脚步,满怀悲怆地注视这情景

看他,像一只陨落的风筝那样不甘和挣扎
一如冥顽不化——一个命运的碰瓷者

2018年9月

梧　桐

它对于雨季的奉迎变成了对自己的折磨
宽大的雨伞或裙子都被打湿
并在其间书写着，点点滴滴，点点
滴滴……这韵脚，响亮而密实
有日常生活的漫长诗意。听，是谁在这黑夜
叹息，在纷乱的鼓点，与失眠的节奏里
保持了诉说的优雅，与意境的枯寂。但最终
它依旧态度暧昧，仿佛只是为了显示
那黑夜的长度，以及时钟，还有单薄的身体
那凄清无助的高冷……

2017年7月

旷 野

秋风起时,旷野呈现了它久违的真容
水落石出,连枯草败叶也已收拾干净
天空蓝得彻骨,深奥,日渐高远
地上的一切也都变得清心寡欲

旷野,无数次预感过的,这命中的季候
终于来到,这一刻如此真切,让你
枯坐窗前,看今生愈来愈清晰的地平线
经历的,从未经历的,想象的,无法

想象的……旷野的感觉。就是这样,就是
这样。你喃喃着,看着漫天的霜雪
如细菌慢慢爬过衣襟,看着孤单的旷野
与秋风,互相撕扯

它们亲吻着,如同一双一生缠斗的冤家
还在肉搏……

2018年10月

神 偷

偷走风,只剩下裙摆渐停的树
偷走鱼,只剩下至清寡淡的水
偷走云,只剩下空旷灰蓝的天空
偷走时间,只剩下黄昏悠远的叹息
偷走容颜,只剩下年迈的衰朽和悲戚
偷走世界,只剩下你无处安放的孤独
偷走生,只剩下深渊的死寂与幽暗
偷走贼,只剩下命的高尚与空壳……

2017年10月

石头城

石头的牢固恰好可以构成一种讽刺
处处事事,这城市都暗示着史书中
那悲伤而古老的短命。自古以来
没有一个城市的悲伤,可与她相提并论
雨水湿透了这初冬的金黄……满地
浸泡着死亡那气息的迷人,余下的
则是生的冰凉。古城墙下,一阕《雨打芭蕉》
抚摸着墙上的苔草,用选择性的丝竹
迎来了我这没心没肺的异乡人

2012年11月初稿
2017年11月改定

梦境或拟达利

自降生于母体,便有了原始的窘境
世界的弃儿赤身露体,或是衣襟单薄
旁侧的人群漠然如走动的雕塑
一切如此平静。仿佛一趟
驶向浓雾的地铁,或是游动于睡眠边际的
乡间巴士。昏昏欲睡的节奏
熨平着时间内部的褶皱

一个温软的身躯靠过来,不出所料
是熟谙的肉身,有明确的温度。旁边
是默片的风景,展开成一座暧昧的
画屏。遮挡着周遭的表情,与私语
黑暗中似睡非睡的假寐。春雨
沙沙,有声恰似无声,无声的老电影
沉默中正好默契,一切进展顺利

但就在那时,主人公
怀抱中温热的一只气球,忽然爆碎……

2017年8月

少年派

生命之血有太平洋的宽广
飞鱼冲撞着下午的方舟,如荒野上
一枚伶仃的鱼骨。印度虎的另一面
是驯良,是孤单如暴风雨之上的月亮
生机一如虎口,哲学般形影相吊
向死而生,反使生的欲望更为牢固
少年的纯洁最接近于原始的兽性
就像海水无边浩渺却无法饮用,必须
用阳光和鱼类来加以过滤

雷电之后的宁静,如同大海的表里不一
乐园在水面以下,失落者只能在水上流浪
你多么孤单,直到化身为一只
可爱的狐獴,或在成为一条
喜欢从众的沙丁鱼或小浣熊之前……

2017年3月

悲 鸣

从天空传来的辽远是必要的
风急天高猿啸哀,这诗句并非
可以还原的声音,无边的秋风
强大到可以剃度一切,它声称季候的真理
是公正的,带着峻急与鲁莽,自信
且声称以高尚。就这样,万物的光泽
从枝头退却,颤音中有尖厉的揉弦
演奏又一幕黑夜的降临

2018年10月

狒 狒

它无辜的表情堪称人类的范例
忧郁但不造作,这湖水般的目光
澄澈,幽怨,透明,对这世界
发生了什么一无所知,它坐在那里
任一只幼子将它的脊背恣意攀爬
有一刻一只花豹经过,危险的气息
如风刮过丛林,掠过了它尖细
而不免慌乱的神经。但很快
危险被一只羚羊的肉身化解,过了一会
它梳理起伙伴的毛发,嘎嘣嘎嘣地
嚼起了虱子。最后,它放松了一下
裆间便伸出了那暗红色的肉具

此刻,它目光迷离,仿佛在享受一瞬的遐思
一任蚊虫在一旁喧闹聚集……

2017年5月

老 贼
——拟程维

我知道,当你这样自称时
有不得已的自嘲和反讽。和你一样,我
也是这个世界上众多贼子中的一个,活得太久
看见岁月的烽烟散尽,那么多昔日的青年都已老去
那么多美好的东西都已腐烂、枯萎,而我们
却还在这里窃据生者的份额,尸位素餐,苟活犬儒
看见更强悍的盗贼不敢站出来,看见骗子强人出没
从不敢吱声,面对不公都装聋作哑
面对说假话者还要假意吹拍、佯作喝彩
撞见赃物要笑嘻嘻去分一杯羹……
这不是老贼是什么?关键是
在奥斯威辛之后,我们还在写诗!不是吗?
你刚刚得了奖,奖金丰厚,我听闻后一直流着哈喇子
盘算着从中抽成,如果经手,我定要克扣
即便我们已经坦承这老贼的身份,也还是心存侥幸
甚至偶尔还在纸上写下些豪言壮语

不如何,毋宁死……呸,只有老牌的贼,才会在苟活中坦然地写下,这样欺世盗名的无耻诗句

2018年10月

野 火

高速路的途中突然起了大火
行人一片惊惧,鸣笛声
和人群的喊喳声让他疑虑:行
还是不行?不行也已没有退路
插翅难飞,他只能硬着头皮鱼贯过去
大火仿佛越来越烈,烟雾越来越浓
空气中有呛人的气味
车子在颤抖,就像传递着烫伤的恐惧
现场就在前方,车里的人仿佛
在看一场大片,有人伸出了头
有人停下来张望,仿佛在等待一场
末日的灾难,星球之战或外星人的入侵
或者等待目击那惨烈的现场
但当他最终驶近,才大失所望
知道这浓烈的烟雾,不过是来自一场
冬日路边漫无目的的野火……

2017年2月

泡 沫

一只五颜六色的泡沫,飘浮在
少年上方的半空。映照着下午的阳光
它飘着,颜色也在迅速变幻,如
一道夏日里被压扁的彩虹

在众人目光中它坚持着,一秒,两秒
就那么坚持了一会儿,在一片追捧声中
无声地爆裂了……

2018年11月

秋日西湖

世界在破碎之前,留下了这面镜子
它有越国的青铜画框,吴的纯银
镶边,还有东晋的嫔妃遗下的粉妆
西子的一抹云裳,汴州的尘埃
亡国日的冲天火光
唉,时间的这层包浆……仍使它透着
一层风月的明朗,与云霓的淡淡怅惘

白乐天擦了一下,苏东坡擦了一下
眼泪盖不住西湖,秋风穿不透淡然的
雾霾。这镜子中,仍有一重抹不掉的
妖气,与流光,以及青铜质的
无可救药的伤。一只蜻蜓悬在青蘋之末
仿佛一粒被反复擦去而又心有不甘的尘埃
掠过这旷古的清澈,以及此刻的清凉

2018年7月

师大上空的乌鸦[①]

仿佛另一世界的学子,它们漆黑
而勤奋的身影,从众多的书卷中飞来
黄昏时落上师大上空的茂密枝杈
仿佛不同系科,它们叽叽喳喳
散乱的站姿对应着整齐划一的着装
此起彼伏,它们在自行其是的体制
与统一的物种意志之间,达成了
有机融合。瞧,它们在险要的树梢上
和平共处,又各占一枝,认真地谈论着什么
活像在议论十米以下,人间的晚餐和时事
它们摇头晃脑,神气活现,交谈时
不忘招引欢喜的异性,当然,抑或许有
更重的口味也未可知。黄昏时它们的声音

---

① 北师大的一景:黄昏时总有数以万计的乌鸦汇聚,它们栖于校园茂密的树梢,叽喳不停,鸟粪飞落满地,令人叹为观止。细考缘由,一说此地旧为"铁狮子坟",地荒而人僻,故为乌鸦汇聚之所,因乌鸦亦有"物种记忆",遂不忘世代定居,雷打而不迁移。

更显唐突，粗大，令我这好为人师者
也茫然无措，这每日黄昏的必修课
无所事事的我总免不了仰望星空，眼睁睁
看这群不请自来的黑客，在做着即兴的发言
就像是一帮时尚而又自以为是的黑衣辩手
又或是一群，操着油滑京腔的脱口秀者……

2018年10月

辑五

西北风怒号的上午

暴风雪

房间中守着火炉的人渴望一场暴风雪
但那些关于雪的消息,却隔在了阴山以北
或大荒以西。如眼下的霾一样可疑
炉火旁的讲述,使这个冬天充满
遥远的回忆,它与昔日的羊群、草原
以及诗歌中高耸的燕山,一起变成了
天气预报中的传言。那些沉醉其间的人
幻想着雪夜访贤,或是风雪山神庙的意境
流连于燕郊雪花大如席的吉尼斯式修辞
而那场渐渐失血的渴念,与躺在书里的关山
终于在黑夜里覆满了白雪。北风狂暴地吹奏
吹尽了北国那鼓角连天旌旗蔽日的沙土
将故事终结于一场虚构的暴风雪。但作为叙事
它还是让赶路的人……着实惊慌了一番

2018年12月

无 题

一条河延伸至深夜的灯下
鱼虾成群结队,水草随波逐流
水声潺潺,波光潋滟
书卷中有寂静的虫鸣,有齐整的蝌蚪
在虚拟的水声中游荡,万籁中
什么东西如礼花升向高空,开花如伞
化为寒星漫天,你醒来
对着空寂的黑夜,打了个寒战

2017年4月

西北风怒号的上午[1]

风撕扯着天空这块棉絮,把寒冷透过来
它喊着,让岁月解下了她的裤腰带
"西北风怒号的上午"
窗子里的人在看着窗外,看着风
在对空气施暴,将它们的衣服
和头发揪掉,剃光,将它们的影子
也践踏得一摇三晃,东倒西歪
让天上那颗愈加惨淡的太阳
也只能作冷冷的旁观
在昏暗间透着一丝寒气。西北风
怒号着,想将这满街乱跑的落叶
赶进叙事的集中营,将一粒粒翻滚的句子
赶下已干涸的沟底。或许这就是常言
所说的虚构,这词语中的凛冽
横扫八面,却也单薄如纸。它吼着

---

[1] 余华有同名小说。

渐渐吼累了,终于偃旗息鼓,湮灭于黄昏的一片虚惘,与静寂之中……

2018年3月

飞蛾（二）

黑暗中的一点亮光，构成了死的理由
它冲向它的时候，或许并没有看清楚

其实，它倾心的并非那致盲的光线本身
而是那姿势，气味，以及声响和速度

长夜里间断的噼啪声，昭示着死的频率
仿佛诵经人的瞌睡，长短不一

有间或的哈欠声，和世纪一样的长度……

2018年5月

血 月

你终于有机会仰望那个天空的创伤
那样的血,那样的光,一生只能见一次
宇宙之血。时光之血。将这人间的黑夜
映照得如此不安,不祥……此刻,一只
找不到家门的流浪狗,正在街边踽踽独行
它时而将头昂起,也凝望起这让它同样
疑惑的血月亮。它并不知道,有一只天狗
一只诗中的狗,正在把月来吞了
或许是因为恐惧,它把嗥到嘴边的叫声
咽了回去。它呜咽着蹲下身,静静地望着
人间那无数双眼睛,正闪着讶异的光
最后转向你,你们彼此无助地望着
仿佛如水夜色中浮动的镜缘,无法呼救
仿佛陷入梦中的一刻,听凭夜色暗下来
承受这虚惘,颔首接纳,这一让人遐想
也让狗不安的寓意……

2018年9月

柿　子

柿子之软正如它的甜美，是其致命弱点
当你仰望它在树梢上的光景，恰如一轮秋月
高挂在晴空，有掩饰不住的招摇，与些许
怀旧的意味。空气中已出现了不易
被觉察的流霜，苦涩变成了甜蜜，当然
前提是需要衰败和搁置——当它死于枝头
或停留于采摘者手中，某些记忆便渐渐软化
发酵为岁月的甘饴，或是隐喻的金子……

2017年9月

燕园入门
——拟臧棣

燕园就只剩下草木了,你这穿牛仔的骚狄
讲一口纯正京腔的骚狄,漫步在一华里长的
花园与十亩湖塘旁的骚狄。花白头发的
被多少女生仰慕的大叔骚狄……也如
跛足的帅哥爵士——不,是被他骂过的
桂冠诗人,另一译名是叫作骚塞,一个
居湖畔的绅士,时髦的说法是叫作大叔。
唉,你的词语已玩到了极致,回转中擅有
连绵不绝的句式,模仿者众多,也包括我
和那些嘲骂兼崇敬你的家伙。你的燕园
如今有一堆不开花只睡觉的睡莲
它们睡在昔日的死水,与今朝的泡沫中
听那里的晨钟,在湖水里漾出层层涟漪
幻灭的朝阳在那里升起,又在林中夕照里
陷于沉寂。听,唯有这池塘中已退化的青蛙
还在回忆着浅草中前贤们互文的脚步
那里曾被当作风雨之声的读书声,回应着

你在针尖上玩得精熟烂透的词语之舞。呵
我多想将你高攀为兄弟，并不懈地向你学习
学习你已玩得出神入化的精湛手艺
你的"燕园协会""草木丛书"，以及
你"嵌套"的草木背后，被施了法术的词语
让我刚刚"入门"就已凉透的屁股匆忙抬起
并为这座冰凉的园子失神丧气，又着迷不已

2018年5月

空 白

正午阳光中直射的空白,一片羽毛
穿行在一个最小旋风的边界
像一只在空气中飞行的塑料袋。
它那么飞了一会儿,就像思绪
轻浮,虚渺,近乎不在,无处落脚
但它就那样飘着,渐行渐高,渐行渐远
最终飞出了我的视线,飞出了此刻
我灵魂出窍的世界……

2017年6月

月 光

穹顶下自天而降的月光,如同一场浩劫
一场盛大的死亡,无边的空旷
阴影处有凉气与露水在凝结,在努力凝聚
并折射这宝蓝色的光,风信子在低处摇曳
谁的手划过,惊起夜色,一群飘忽不定的乌鹊
或黑暗中的纸灰,闪着燃尽时

暗淡的萤火。有神秘的呼应
异乡人的寒战从雾气中滚落……

2017年10月

冰海沉船

小提琴的旋律未免沉闷了些,他们的沉着
让我仿佛忍受了四十年。四十年来,我终于
渐渐靠近这部事实上的默片。英国人真的
足够绅士,但确乎不浪漫,他们将这样一场悲剧
差点拍成了一顿中断的晚餐。三文鱼
被摆上巨型的冰山,壁炉中温暖如春的火焰
让这钢铁之物又淬了一次火。只是那美好一刻
盛宴的桌子被一只看不见的魔手掀翻,洪水
降临,诺亚和他的方舟在片刻倾覆
冰凉的海水从脖颈灌进了梦中。四十年后
我从另一个梦中醒来,终于懂得
是那些旋律之美,使得这史无前例的水葬
变得那样体面,且无比安详,庄严

2017年10月

岁　暮

一叠厚厚的年历只剩下了最后几片，瘦骨
伶仃，如同死于枝头的树叶。在结余的北风
或透支的账单上颤抖，瑟缩

行路人揿着喇叭，喘息中有难耐的焦急
只有小贩衣衫正单，还在路边耐心地兜售
他们永远重复的诺言。大黄鱼在路上风干
牲畜们在通向屠宰场的路上紧咬了牙关
白菜土豆，也处在急速流通的串门途中
有人在呻吟着赶往医院，有人在火化场排队
新生婴儿发出了鲜亮的啼声，有贼亮的眼神
正盯着某个倒霉蛋，一年中最后的厄运……

开始的已经开始，结束的也将结束
哦，岁暮，上天将会盘点那些人间的善恶
天下的母亲开始数着日子
地上的父亲，则开始丈量米仓和生计的厚薄

2017年12月

马头琴谣曲

马头琴变成一条草原上的河流
马头琴上有马的忧伤
骑在马上的琴声,缠绕着北方的风
阳光为她撑起一把岁月的大伞
阴影下的少年依旧牧着牛羊
草原上没有木头,木头的珍贵只与马
并驾齐驱,它的琴上有一根弦名叫海子
他在演奏那无尽的歌谣
直到草原上无边的悲伤,随风而逝

2017年9月

路

多少次,他想象一条路,一条末路
告别所有恩怨情仇,这条曾风光无限
已山穷水尽的路。遥迢的群山,曾经的此刻
都已过去,天与地都随你来到了尽头
时间的指针被什么卡住,宛如炸弹读秒
头顶的天幕就要落下,天已黑,天光也走到了
尽头。这漫长又不盈一尺的路
其实早就伸手可及,抬脚就可以迈过去
成为自由落体,或干脆让道路一直碾压过去
但这些都已有英雄做过标注,以死做过的墓碑
末路的意思,就是你再也迈不过去,再也
无法回头看来时的风景,再也摸不到你
爱的那一只手,你已厌弃,甚至仇视
人间那些繁文缛节的锦衣,美食,仇恨,礼数
末路就是擦亮一根火柴,点亮
最后的安宁,和燃烧的骨头。发出"啪"
的一声,然后门关上
一切在黑暗中安静下来……

2017年10月

赋 格

上帝的灯盏高居在昔时的山巅
羊群在他的下方,草料稀疏
但晚霞温柔,牧羊人的歌声
疲惫而婉转。这是黄昏时的景象
溪流一声声,回荡在平静的人间
神的对话就在小溪的对岸
他这样说着,走进了晚霞
他那永恒的帐篷——
叫作安详,或者明亮而疏淡的星群……

2018年3月

游园记

他知道多年后,他势必会忆起这一天
一切都会变成依稀的旧梦,这园子
如今好看的风景,都会变成一缕烟
记忆的烟雾。此刻,正是初春的黄昏
鸦群于归,冰河正开,你的衣襟也正迎风
飘摆。沉默的园子如同新月,偏居世界的
一隅,淡雅中有些许的羞怯。看
这变绿的柳枝如同你荡开的小手
正变得又细又软,那些花苞和新芽
也都在春风的衣裳下若隐若现
唉,这座园子,这个我如此熟悉
而又那么陌生的身躯,经过了这个冬天
为什么还是那样美丽,当我稍稍靠近
便听到了她不能自已的喘息……

2018年2月

草的榜样

你看见它的单薄和柔韧,心中泛起了
一丝怜悯。但仔细看,它随风而弯
却并未折断,它只是表示顺服,匍匐在地
但并没有真正倒下,它只是看起来
像是被吓倒,风给予了它屈辱的同时
也给了它不屈的反弹,不像人
有可怜的自尊,或因自尊而易获的罪名
一棵草,为人类做出了榜样
在冬季尤其如此,它从不为枯荣
而感到纠结羞愧,在枯萎与死灭
甚至无妄的野火中,它仍有浴火重生的戏法
以及与季节妥协合谋的最佳态度

2018年3月

青 山

青山感动了自己,他不老的形象
有着亘古以来的恒久和庄重。他是这般
蓊郁而茂密,藏下了该遮掩的富有
低调的丰饶,有着不变的执着,和幻想
汩汩的溪流,众多的鸟雀,还有葱绿下
枯朽的尸骨……以及丛林中无限的生机
与秘密。他守着漫长的岁月
也任凭时光的斧头,砍伐他的腰身
头发,和树木,他依旧沉默着
用山风缅想着久远的从前
还有无限遥远的以后。由青葱慢慢
变成了深绿,浅黄,以及霜降后
如火如血、如诗如死的金子……

2017年10月

元宵月

万千花灯也比不上你沉默的明亮
烟花刺破了苍穹,你也未为所动
你唯有一片冷冽的光,一片可怕的沉默
以高悬和仁慈,照临人世的头顶。哦
今夜,团圆之夜,万家烛火,又
依次阑珊。神最圆满的时分,你的光亮
泛着凄切,但如此分明,秉照着无垠青空
滚滚不息的江河,男男女女的痴情
照着寻常巷陌里的小恩怨,还有泛舟子
叹息寻觅的万古愁。词语中壮美的山川
与那古往今来的一切老故事,旧诗篇
那些仁者,志士,枭雄,小人,更有
那层出不穷的贼子与小丑……照见
普天下那些无家可归者,或离家出走者
朱门酒肉臭,路有冻死骨,旧时王谢堂前燕
那些尘土与荣耀,万贯之家资,还有
那终归汇于一炉的灰烬,以及黑夜
那无处不在的虚空,与蛊惑

2018年2月

辑六

抑郁症中度

春 水

他和风同时抵达
这池一览无余的春水

更确切地说是他的目光
掠过了这微微荡漾的水面

必须是在解冻之后,必须
是在风慢慢加热之时

这一池销魂的温暖
这一池泛着波光的眼泪

它在等待一柄桨叶
它在等候饱胀后的溢满

2018年2月

猛 虎

正午时,那一抹斑斓的光线忽然走了下来
从老屋的中堂上,越过黑漆漆的八仙桌
像我家的老猫一样跳下来。它靠近我
嗅一嗅我的肩膀,面颊,脚踝,然后又
在祖母的土炕上来回转了两圈
它的目光温和而迷离,不时冲着我
打量一番,当它听见院子里的鸡鸣声
像是停了一下,眼皮眨了眨,便又安静地
坐下来,那时它打了个哈欠,血盆大口中
露出了两排锋利的牙齿。我看见它那目光中
似乎闪出了几分忧郁的狂野,让我不得不
把手里的书卷放了下来,将我年少的胳膊
伸出去,但我的舍身饲虎的冒险
还有想要成为它的冲动,好像并没有
让它产生兴趣。就这样僵着,停了一会
它像一个习惯了待在笼中的猛兽一样
伸了伸懒腰,趁我从一个假寐中醒来
眨眼间又轻巧地跳回到,那古老的卷轴之中

2018年6月

桴

他毕生也没有坐过舟楫，只有
那种木辘轳式的马车。他晃荡在那
崎岖颠簸的土路上时，也免不了
有些许的晕眩，故他想象
有一天会浮于一块漂泊的木板
海天茫茫，浪涛无际，可见的未来
只剩余无边的空寂。但这也胜过
无道的繁华，与盗贼的白夜
不会有沿途的哭泣，隐喻的猛虎
或许还有一两个痴心不改的追随者
唉，不如就此了结，就此告别
颠簸漂浮，与一块木头浪迹天涯
大不了最惨时，形影相吊，如丧家之犬

2018年3月

野有蔓草

从卫风穿过王风,来到了略显放荡的
郑风。郑地之野有蔓草,采诗官看到
蔓草疯长,上有青涩的新鲜汁液和味道
他轻触着这片最小的原野,它茂盛的草丛
尚未修剪。风轻轻掠过,小谣曲
在树丛间低声盘旋,湖里的涟漪正在荡开
他的手也变得虚无,无助,像游吟者
那样伤感。"野有蔓草,零露漙兮",语言
永远比事实来得贫乏,也可能丰富。它们
从来都不会对等的碎屑,此刻挂住了漫游者
让他不得不抽离于凌乱的现实,驻足于
那些暧昧的文字和韵律,并在语句中
搅动了那原本静止的湖面。将小鱼的蹀躞声
悄悄遮覆在温柔之乡的水底

2018年3月

年　谱

穿过这些年月，那个更年轻的我
不再等我，他已打马而去
渐行渐远，扬起了一堆尘埃，最后无影无踪
逼得我去一面镜子里寻找，看见这张
渐渐老去的脸，渐渐陌生的面孔

我对着瞳孔看去，忽地洞穿了一道门
一道先是黑暗然后通透的门扇
看见了那座时间的花园，里面有无数个
落叶般的昨日，一只搁浅的船长满了青草
如同一本书，覆满了灰土

2018年2月

梅 花

她无中生有，从暮冬的寒气中来
如六月的蝴蝶轻飞，悄然落上枝头
她自我书写，不需要比兴和隐喻
直接进入了抒情的章句。她一直骄傲地
等着，并不刻意妩媚，矫揉造作
而是用高冷的静默，等待一支妙笔
插入她的时空，或是振翅飞入
渐行渐近的春的怀抱之中……

2018年2月

闹 鬼

春夜的月色暗了下来,时间的墓穴里
爬出了成群结队的幽灵。他们腐烂的躯体
散发着臭气,裸露的牙床高呼着畅快
噩梦宛如一幕老电影,让一个行路的人
忽然失去了方向,不知今夕何夕,此生何人
他迎面撞上了一贴面膜,不,更像是一只
戴着硅胶与假发的骷髅……定睛看时
他不禁打了个激灵,一刹那被什么包围
有百年前的污泥冒上来,水面热气腾腾
污泥浊水间,似乎正人声鼎沸,衬托着
街巷间冒出的一幢幢舞着的鬼影。
他们将同样的面具强行给他戴上,不由分说
他自己也快要变成一样的鬼,在污泥里
上下浮沉,挣扎,蜕皮……那时他听见了
自己的大声呼救,醒来已大汗淋漓

2017年5月

抑郁症中度

亲，这并非矫情，你那健身舞
就先别跳了，行不行，其实我早就想对你说
我不想过了。往低处说，你可以骂我贱
往高了说，你也可以认为这是万古愁
是的，干你底事，就他妈是万古愁

四月又哺育着丁香，万古如此
你有没有看见那背后的故事，亲
我是说，万物都在蜕变，抑或它们
本来就是如此。我只能在半梦半醒时
写下这一切。明明人生已到了秋天
暮秋的薄云却一直飘进了四月

需要一柄宝剑，干将何在，莫邪何在？
神州之内竟空空荡荡，找吧，我靠
连塑料都被做进了凤凰，在夜空中
在CBD的上空翱翔，被璀璨的灯火宠爱
也被已死的概念凌空吊打

死吧,去死吧,这世界谁都不缺
尤其不缺这软骨头的矫情货,我作为
资深的犬儒,已经沦落到近乎犬,无乎儒
且最清楚,谁执念,谁就将被缚于自己
而窗台上,霞光依然万丈,太阳照常升起

2017年11月

悼霍金

这个世界上有多少该死的人
不死,有多少灵魂残疾的人
有着健康的躯体。这个人,用他丑陋衰弱的
身体,思考人类的前景,不时发出那些
耸人听闻的告示。现在他去了,一个世代
又将结束,与时间简史比起来,他的一生
显得确乎有些漫长,轮椅上的时光
比世界的转动要更慢,但那思想的闪电
比长空的雷电还要迅疾。他用最少的词语
表述真理或自由猜想,用最简约的公式
出演上帝的使者,并且先行到人间地狱
受够了这份苦……

2018年5月

偶 然

天堂的晚霞照在夏娃身上,夏娃
摘着黄昏的星子,有稍许的疲倦
"我要找个果子,最好汁水饱满些"
这样想着,她朝脚踝部瞥了一眼

就在那时那一张奇怪的面孔显现
他告诉她,不远处有一只智慧果
甘美,好看,有浑圆的曲线和手感
你且摘来尝尝,它会带给你前所未有的新鲜

这是伊甸园的故事:先是有了一棵树
一枚不合时宜的果子,方才让人类
用糊涂学会了辨别,用罪过辨认出美善
用失去派生了这世上的一切……

2018年3月

土

这是故乡的一把土,当我在这片熟悉
而又陌生的土地上站立,我必须先蹲下来
接近它,接近我的祖父,还有祖母的
位置。我仔细地打量这把土,那些颗粒
细小而均匀,在冬日的冰冻和间或的
暖阳下,变得格外细密,火苗燃起
青烟四溢,安静的土地被扰动,仿佛
一粒粒前世的种子,未发芽却一直
在等待的种子,沉实、饱满,有一丝
潮湿的水汽,时刻准备还魂复活,再来人间
循环一次,领受这岁月的磨洗,烟火的烧灼
以及人世间的悲欢离合,生老病死

2018年2月

无 题

当然,这是个秘密。这一缕风
在说话间正刮过去,它吹皱的还不是春水
只是空气,早春的空气。但这无关紧要
重要的是,有人已透过冰层
听见了那细小的流水声
这流水已经使那河底的蚌
缓缓绽开了身躯。这春风的手
不会让你看见,它就那样神奇地
在河面上掠过……

2017年3月

一簇矢车菊

一朵矢车菊,从凡·高的星夜里来
从初夏的田野来,带着四月的微风
和雷电的隐隐回声。她的小脸上
有向日葵的深沉,以及波斯菊的忧郁。
有蜂群的嘤嘤声,有一颗白露的泪滴
已近风干,有些许花粉流落到了
花瓶的边缘……但她终于遇见了这些
可爱的伙伴,当他们宁静得太久
不知谁喊了一声集合,所有的花
都牵起了手,合奏起一支小小的谣曲
在这春天的拐角处,阳光明媚的
窗台间,跳起了轻盈快活的拉手舞

2018年8月

在星空下

在星空下……我说的是往昔的岁月里
那些古老的故事。当他们在黑夜中
眉飞色舞地讲述,小场院上的蚊子
围着一灯如豆,飞翔得这般密集,蛙鸣声
演奏着一场热烈而冗长的音乐会,为一场
即将到来的雷雨,作着急促的预告
在生长鬼故事的空气里,在他们的唏嘘声里
夏夜里渐次沉睡的万籁,安静得像要死去

2017年10月

锣　鼓

梦中的陌生人走在街角的拐弯处
目睹了这场盛大的锣鼓。他听到喧天的
声响,震得满世界颤抖,灰尘抖落
众人载歌载舞,仿佛重临的重大节气

陌生人上前,试图参与其中
但有侍者在一旁拦阻,他们叫道
不要乱了秩序!……陌生人
只好在一旁观看,怯怯地望着那队伍远去
当他离开之时,一阵冷风刮过
他最后看了看自己的影子:细长,模糊
如一片凋零的树叶在街角滚动

显得那样孤单,无助。他呆呆地站着
觉得自己两手空空,手里并无锣鼓
他只好双手抱住肩膀,蹲下身来叹息
那时他发现,自己已遍体冰凉,除了
满地的垃圾,被丢弃的面具,周遭一片静寂

2017年12月

重 庆

她有炼狱的气度,传说中的雾
与炭火的炙烤,最终都与林立的高楼
插接于一起。仿佛但丁笔下,《神曲》中的
一界,石头的炼狱,重庆的森林
构成了叙述中变幻的蒙太奇。几分压抑
但尚不至于窒息,因为那阴郁的消息
总是赶不及这突如其来的春意,还有
这美女如云的现实——如花开般来得
更为迅疾。瞧,马路上那女孩正轻装款步
穿过新时代的街巷,她轻而薄的裙装
短得就像阳春的一抹酥胸,乍泄着
不可方物的艳丽。那白皙的脖颈
玉一样的美腿,省略了性感丝袜,甚至
减薄了鞋跟,她在水泥森林的春光中走着
将一切都减到了最薄,最少,最低。
少得楚楚动人,可怜兮兮地恰到好处。
这一轻一重,这百密一疏,构成了重庆
一个折中的传说,和现实感更浓的画意……

2018年12月

霾

谣言太多,言之凿凿
譬如防风林挡住了三北的风势
风沙与雾霾,若是二者必居其一
还是两害相权取其轻。又是乍暖还寒
北京人活得不易,如果有喘气的沙土
也胜过雾中的仙境,口罩一如谣言
成本高昂,推波助得洛阳纸贵
直到春深了,有关风雨与霾的消息
还是纠缠一起,使这个如晦的季节
让人如此不安,无法将息

2017年11月

送亡友

我手捧这一只花环,白黄相间的花枝
开在冰冷的金属圈上。我手捧着这冰冷
如握着他渐凉的手臂,直到渐渐麻木
这是一年中的第几次?第几次
见证人世的洗礼?第几次生死课上的练习?
他的双手,曾经书写,劳作,争斗
历经人世的爱恨情仇,亦曾经扶老携幼
或者蝇营狗苟,如今都只剩了空空
安卧在同样安静的身体两侧:他那
走过万水千山的双腿,自然地并拢
呈现出最规整的立正姿势。但他的脚
再也不会行走在大地,而是怯怯地悬空着
尽管换了一双新鞋,也无法掩饰它们的
僵硬。他再也不会从睡梦中坐起,关掉
这低回盘旋的哀乐,再也不会点一支烟
喷出惬意的烟雾。不会双手接过这花
闻一闻新鲜扑鼻的香气,不会一边看座

一边笑着对我说,唉,太客气了
谢谢你,老朋友,我的兄弟……

2018年4月

辑七

毕加索或艺术的辩证法

石头记

渐渐地,它感受到了我们紧握的热力
在秋凉中有了通灵的柔软,乃至深度
石头,远比你我经历得更多,但它
一直都在这河滩里沉默,仿佛在记录
又仿佛什么都不做,只想成为
一只羔羊般柔顺的沉默者。然而

当你我抽身离去,它将回到它自己
那荒凉世界中的一员,体温渐渐丧失
任凭风从它身上划过,或是一场不期的暴雨
将它带至远处。它将在泥土中沉睡
不做发芽的种子,而是固守永恒的黑夜
无生,无死,无始,无终……直到

有一天被一只手从泥土里抠出。抑或是
有了玉化的可能,一世一劫,或几世
几劫的故事。在《石头记》中,成为一尊

前世之佛，或一个来世的苦修者，神魔，任何事物的因，或是果。最终化为命运的造像，与大荒的讲述者

2019年10月

告 别

别担心亲,哀乐是你听过的
整个程序你一清二楚
眼泪会有一点,低声的哭泣也可能
会有一个听上去字正腔圆的结论
会有花丛的围拢,绕场一周的吊唁
挂像是生前你喜欢的
花墙后炉火正旺,干净如初
一切都摆拍停当,单等你正装入场
演习过多少次了,绝对不会出错
你只须走个过场,保持尊贵的沉默
那时你的威望会飙至一生最高
这个结局堪称完美漂亮
所有不完美的事情皆被遗忘
连敌人也远道而来,表情凝重,鞠躬时
脸上充满悲伤,角度弯过了90度
你还要怎样,好好地放心去吧
别想改变这世界什么……想到这儿
仪式已告结束,有下一个急等着入场

进入炉膛前的刹那,你忽觉得有一丝委屈
喉咙里仿佛被什么卡住了
就在这声终于爆出的哭泣中
你惊醒来,庆幸这只是噩梦一场

2019年11月

毕加索或艺术的辩证法

"我花了四年时间画得像拉斐尔一样好
却花了一辈子学习如何像小孩子那样画"

是的，牛鼻是需要资本的，就像作死者
是需要有傲人的活法一样。毕老师

深谙这样的道理：要想别人承认你的简单
须由你全部苛刻的繁复，来作为反证

要想证明《格尔尼卡》并非是孩子般的涂鸦
只有最靠谱的《古典石膏像写生》

这个艺术的辩证法应该写进所有教科书
让那些自以为是的家伙，照见他们的幼稚

2019年11月

雪 夜

仿佛一千年过去,不知几千里外
一场久违的大雪遮覆了一切
国度,江山,广袤无垠的原野
需要多少白才能装扮,需要多少黑
才能销洗。这黑暗中的白,因为潜入了黑
而显得愈加成为白雪!呵,别说什么
铺天盖地,别说什么无上的言辞
看这无止无尽的纷纷扬扬,看这
湮灭一切污淖的洁如处子的白
还有什么比它更新,更旧
有史书的封面般一样的古老
这亿万年时断时续却并未完结的卷轴
今夜又有了续篇,序幕,这突如其来的创世
或是末日之夜。来吧,盖上吧
这仙界的魔法,死神的素衣,上帝的幔帐
就要再现,那荒古的真容,梦中的火焰
黑暗里的夜盲,以及那摄人魂魄的冰冷

2019年12月

潜 伏

幽灵多了一副身形。如同一团烟雾
它于黎明时分潜伏至友人的身体
令他产生了飞的欲望,但他仍有着
浊重的肉身,提示他飞起的难度

幽灵来到窗前,像一个准备飞行的
义士,然而他并未打算做英雄
我们所想象的那种意义,悲情
或者俗世间的冤仇,在他仅仅是
出于对自我肉身的一种厌恶。

他甚至不能,或来不及做
任何有意义的思索,更不会有那
振聋发聩的宣布,将那死的价值变得
不朽,演绎成一个年代的刚烈传奇

这纵身的一跃,只是被幽灵劫持
这可耻的谋杀者,它潜入无辜的肉身

只为让自己快乐,为了制造
一番死寂中的热闹,让夜色一番动荡
如冲井底,扔下一块恶作剧的砖头

2019年12月8日

一朵马齿苋

秋雨中，一株马齿苋生长的速度
大于一首诗诞生的速度。在渐深的寒意中
它无视推山或填海的奇迹，在与不远处
那不可阻挡的推土机争抢着一点点绿意，呵
瞧，这绿叶与红杆，真的鲜亮无比，一棵菜
在细雨中轻轻摇曳。像它千秋以来的祖先
一样无所顾忌，一样苟且偷生
但那又怎的，你可以将它踩烂，拔除
阳光也可以将它晒得无精打采，蔫儿吧唧
可这会儿，冷雨下着，我看见它舒展筋骨
抖擞精神，就像一幅缩微的世界地图
在扩展它旺盛而年轻的疆域。哦
一株马齿苋，让你从童年的饥馑
来到了中年的秋雨，想起表妹的那条
委地而镂空的小裙子，如湿地上
绿野仙踪的裸体，发出一声委屈的抽泣

2018年9月

读义山

"这花园终将老去"。在西窗的晨光里
他手抚着那将开未开的花朵
与她相约来世。可他努力想也想不起
这个多年后被霞光照耀的早上
想不起那时候,她渐趋模糊的样子
梦中的花园静默着,有一只飞蝶
从晨曦的面纱中破茧而出,那一刻
宁静的空气被翅翼的翻飞扰动
迷津的洞口敞开着,如一只单孔竹笛
在若有若无的笛声里,他终于想起了
那巴山夜雨中的前世……

2019年9月20日

夜 色

很好,你不由分说占据了白天
而她们占领了此刻。这十足暧昧的夜晚
你鞭长莫及,无法驾驭,广场舞
这喧闹中透着俗艳的音乐,这属于
退休大妈们的两小时,小人物的舞台
投入的舞步旁若无人。呵呵,你
在嫌恶她们的平庸?对不起
这一刻里只有她们的灰色面孔,那
长短不齐但全神贯注的投入。投入你懂吗
看看这世俗的姿势,无人理会你的崇高
无人。你所有高大上的看法是如此不合时宜
这夜色中广大无边的欢喜和平庸
铺天盖地的舞步,谁能将她们撼动?
一个心事重重的中年油腻男目睹这一幕
忽地萌生出一丝莫名的感动

2018年12月12日

飞

不久前，他还在梦中轻松地起飞
如有无边法力，或是有上帝之手的托扶
他从平地飞起，穿越大片的留白
河流和沼泽，以及指爪下细长的影子
惊悸和惶恐中，他穿越着属于自己
梦中的稻田，以及水面上
难以保留的反影，与狐疑。以及
在地球引力下，那点可怜的想象力
飞得那么高，跳得那么远，以至无人能及
无人能将之网罗，像一只鸟一样拴住
这最后的妄想症，你也可以认为
是梦想家最后的作死。当他
把一架攻城的云梯误投给敌阵，他的演出
宣告结束，由叱咤云梦的公输班
变成了一个跛行的乡村木匠

2019年3月

在牛津伯德利图书馆

你看见了,这座《哈利·波特》中的图书馆
它有着古老而神秘的呼吸。六百年中
它经历了战火,劫难,也积攒了
帝王也不能搬走一本的两百万册图书
两百万,并不能涵盖人类已有的知识
也不能宣称真理的降临,智慧之神的栖居
但这些沉睡的卷册会适时醒来
在一个兴奋的早上,或是一个
晚霞将至的黄昏。当一枚纯洁的手指
将一部卷册打开,黑暗即不再能够占据世界

2019年6月20日

康桥记

康河上浮动着六百年的光影……
那些绽开的笑容如花似玉
六百年的塔尖上,有着耶稣,骑士
还有王权与科学共和的荣耀,瞧瞧
这势不两立的奇怪的混合体。水里的
云朵载着你,华兹华斯和弥尔顿的诗句
上帝是怎么安排的,包括他自己,同这些
如此不同的势力相安无事。包括那来自
中国的浮华少年,百年前也曾在这河上泛舟
那时他是否会想起,百年后还会有人
来寻觅他吟咏过的足迹,康河的水依旧流着
吟哦者早已转弯消逝,连同他并不高尚
也不深奥的诗句。唯一重复的
是这不曾重复的河水,只要你踏进
便会想起那古老的警句,康河啊康河
不管谁看见这时光的倒影,都会一见倾心
再见销魂,一挥手,就将成为梦魇,并且
多少要承受一点——这依依不舍的小悲戚

2019年6月18日

菩 提

菩提在回忆着渐渐模糊的前世,秋风
在园子的尽头犹疑。他静静地斜倚云翳
依稀想起他,那花鹿般年轻灵巧的身体
以及那些花前月下,落花流水的人间经历

哦,今生只能如此,一切都已恍如隔世
他伸手所及,所触到的都已是浮尘,沙土
渐渐蒙住了他的头皮,那渐趋稀疏的毛发
早像这秋日零落不堪的叶子,灰突突

他摇着头微微调整了一下呼吸,在斜阳中
缓缓坐了下去。他宽广仁和,神闲气定
一任凉风抚弄着幽怨易老的世间万物,由色
入空,最后变成了一个略显臃肿的胖子

2019年9月24日

博物馆
　　——拟辛波斯卡

青铜的铠甲还在,而肉身不见了
宝鞍和钢鞭还在,骏马不见了
丹墀宝座依旧巍峨富丽,而皇帝
不见了,那社稷之坛上的绣像还在
史籍上威严的诰命还在
手中的屠刀,或是仁君的龙服还在

而名字不见了。累累的白骨还在
威风凛凛不见了,而骂名与脸谱还在
珠光宝盒不见了,戴过的牙齿与头发
还在,瘆人的寒气与阴森还在
牙齿缝中的泥土,还在,而江山
不见了,唯有折戟沉沙的铁锈还在

呵呵,这传世喻世、醒世警世的博物
馆与志,作为器物的历史,可编码
造册,或以碳14测量其年代

或以玻璃镶嵌保护，以灯光投射装饰……
只是，该消失的不见了，该显形的俱在
刻入铭碑的不见了，无字碑石还在

2018年5月

苏丽词[1]

在河流的尽头，冰雪消融的春日
一朵蔷薇无端绽放，那少年的失魂落魄
就像羔羊的迷茫一样。苏丽词
是一个姑娘的名字，意思是"灵魂"
但这就注定，她是如此美丽而又缥缈
少年只是爱上忧伤，爱上灵魂，或仅仅
是一个芳香的名字。哦……无助的少年
软弱的，充满情欲的季节，那蔷薇
开得如雪，但和他没有半毛钱关系。那花朵
也爱着死亡，空无，无边春色的迷茫
编就了这个咸味儿的故事，如绿藤
缠绕着那无果的旋律，从夜晚爬向星空
从耳畔唱到天际，重复了一百遍后
苏丽词，变成了这座落花遍地的荒园
荒园里坐落着这无人问津的坟丘

---

[1] 《苏丽词》是一首格鲁吉亚民歌，流传极广，旋律简单而感伤。"苏丽词"，意为灵魂。

她最后来到了这支忧伤的歌里,一如
前世的一颗不归的灵魂,或是一团
四处飘散而迷途不返的蒲公英……

2018年10月

木乃伊[①]

木乃伊有好听的名字,却有着丑陋的形体
可见死亡是丑陋的,如果它只是想见证
存在,或者不愿死去的固执,那一定是
一个致命的滑稽。
它来自死者对生者的羡慕,或是生者
对死者的不舍之意。经过了香料的熏制
与繁复的工艺,死亡与消失一样变得
不再真实,几千年后,它孤独的物化
变成了另一样东西。这镏金嵌银
镶满宝石的棺椁,有着女性般身体的弧度
变成了人们争相夺取的宝物
谁还去想,当初那死后的血腥
开膛破肚的情景,逐腥的苍蝇,沾满污渍
与遍身尸臭的工匠,以及那鬼魂缠身
其命不永的药神与技师……

2019年1月

[①] 木乃伊,英文作mummy,发音很像"妈咪"。

开 罗

时间做旧了一切，包括冬日的光线
也有几分灰暗。旧街道和老房子
相濡以沫，如涸辙之鲋在干涸中度日如年
度日如年不是说她的艰难，而是说
那种亘古以来不可名状的慢。唉，开罗
有多少年没有洗澡了，守着这
一池碧绿的河水，各式头巾下闪着的
眼睛依然乌黑发亮，如沙漠中出土的宝石
透着幽幽的光，可这满身的灰土如何抖落
蒙尘的记忆谁来擦亮，这城市的尊荣
仍旧是镶嵌在石棺壁上的奇迹，和纸草上
栩栩如生的象形字符。法老睡在博物馆里
克娄巴特拉女王出游未归，土耳其人
已退到千里之外，吃他们自己的烤肉
七千年来，什么都忽无踪影，什么都
退到了暗处，或被盗贼洗劫一空，唯有
这古老的大河，谁也搬不走。开罗呵开罗
这棕榈树摇曳的下午，到处飘荡着阿拉伯

伤怀婉转的乐曲，以及那莫名香料的
古旧气息，混合着柴油和汽油的烟尘
扎在这星球的肺腑中，七千年来的轴心里

2019年1月

清明雪

她在乌云与寒风中停下来,春的步子
如刹车般紧急。她站在遥迢的路边
看着这天,这地,这雪,雨裹挟着的春泥
已绽放的花落了下来,已舒展的叶子
重新卷起。清明的清,和清明的明
被雨雪冻结,她柳丝的头发,花瓣的脸
春水的眸子……都在这雨幕和雾霾中消湮
在黑暗与寒冷中蹲下身来,以顺从之心
承受,以无限的沉静,颔首接纳
因为沉默不只是无言,也是一种坚定
沉默不是因为别的,是因为明天的太阳
会照常升起,天空的明,和空气的清
人间的清明世界,任凭谁也不能拿走

2019年4月

回程：波音777

这只出生于美利坚的鹰，翅膀却烙上了
不列颠的旗徽。它
从一片云海中起飞，在伦敦上空
象征性地盘旋了一会儿，一刻钟
便飞临了英吉利海峡上的波涛，一小时后
已来到了日耳曼的黑森林，两小时
它看见了波罗的海的暗蓝，以及俄罗斯
辽阔的墨绿，这古老战争中的一卷
仿佛序言，扉页，题跋，或是封面
静静地合上，仿佛起了一层绿锈
或者茸毛。夏日的极昼中隐隐
可以眺望那北极的白雪。头疼病犯了
英国人，为什么不能把舱温上调一两华氏摄氏度
在一万三千米的高度，这鹰飞得
不急不慢。不似当年战火中的轰炸
俯冲，投弹，空中支援，投下伞兵给养
闹得正凶的西方的没落，民主的疾病
正对决集权的危机，沿着叙利亚战火的边缘

飞过不毛的西亚和阿拉伯沙漠,最后
隐隐的云层与熹微的晨光中终于
看见了我的祖国,这里正是新时代的曙光
这只高傲的鹰,终于向下飞去
落下了它冰凉而不可思议的翅翼

2018年6月

辑八

魔鬼的一刻

瘦西湖

让丰腴的自去丰腴,她自在于
一个瘦的美学。在秋日的暖阳下
这寒凉的水波仿佛正在瘦身
扬州的西子,更多的是栖身于书卷
更适合诗中的叙事。她肩胛瘦削
形销骨立,仿佛烟花三月中
有黛玉的不适,或是孽海情天之上
堆放着的落叶般幽怨无尽的愁怨
哦,怎一个瘦字了得?那二十四桥
之上的明月夜,可曾还有什么玉人
教做吹箫,或是干点别的什么
这有来历或无厘头的剩余能指
凭什么古往今来的骚人墨客,想怎么写
就怎么写,又缘何小金山下那女子
不愿接客就不接。唉,这冬日的无聊客
只在纸面上逛了一圈,李太白不曾见
苏小小不曾见,运河上接天连日的
帆樯亦不曾见。唯有芦荻的白头

如此寒酸，瘦吧，瘦吧，或许传说
也如历史，最后的模样无非是如……
这衰草中孤单的讲述者，一样自我风干

2018年12月

怀念伊蕾

耀眼的迎春花还没有开,那词句中的火苗
还没有燃尽,时间已冷了下来

漫天的冰冻从北冰洋袭来,隔得再远
坏消息也还是像寒流一样沁入骨髓

到底是书写了一生传奇的人,死
也要比汨罗更远,远于昆仑,西天

太平洋的波涛也赶不到的天边。一团火
熄灭于冰雪是最佳选择。当她火焰渐熄

那些陈年卷册中,仿佛还有骨灰的滚烫
仿佛她,依旧活在故事和流言中,依旧

在鲜花覆盖的黑暗里喘歇,诵读她语言中
最强悍的年轻,最性感的放纵,与最安静的

淡定。伍尔芙没有现身，普拉斯也没有
此刻她如约舔过残冬的草地，并从那里

长出自燃后雌性的词语：云，雨，雷，电
任何不稳定的东西，与不死的传言

2018年7月16日

魔鬼的一刻

魔鬼从灯影下溜出来,它迈着
飘忽而壮观的步子。世界颤抖着
露出了它性感而饱满的隐私。这让人
想起五百年前的一场对话,失去父爱
和王位的人子,见到了他的两个老友
过去的兄弟,现在已是新王的专宠,当
他俩见到了昔日的主子,不得已则
闪烁其词,而当旧主嘲弄,他们
便马上自嘲,说自己刚好停留在现实
——或者"命运女神的私处"①。天哪
他由此悟出了一个真理,牢狱。是的
牢狱,最黑的岂止是丹麦这一间
不过,黑从来又是光明的间隔,想到这里
他很快背出了黑暗中诞生的一首好诗

2018年7月

---

① 莎士比亚《哈姆莱特》剧中的句子。

临窗春雪

鹅毛与柳絮飞满了天空，在黄金一般的
朝日中。故乡的这个早晨，新春和煦的
阳光里，突现如故人，久违的至交，知己
春日迟迟，它没有落在夜黑如漆的深冬里
而是反转着，拧巴着，一如我年迈
且愈加任性的老父，守望着他窗前的暮冬
并未期望，这突如其来不由分说的降临
云忽地暗了下来，用漫天弥合的黑
置换人间地上的白。仿佛一个梦，霎时间
满地的田地，树木，房屋上覆满白雪
大地上的坟墓，和化为荒草的前朝春梦
终于如一幅古老的水墨，或一场无声的戏剧
盖满了这几世几劫的大荒……与轮回

2019年2月

流浪者

他不是牧童,当他躺在牛津的街角
垫子下冰凉的街石也不是牛背
但这样泰然的酣睡绝不是作秀,毕竟
在这角度睥睨世界,有些不自量力
但他让我知道,世界上有另一种自由
可以不受荣华与权贵的掌控
在这大西洋暖流驮着的岛屿上,有着
另一种故事,可以受得住的冰冷
关于出世,尊贵,疯癫,各种自在的理由
生存还是毁灭的哲理,因为有了他
才有了一个现身说法的幻影
一番意味深长的话题……

2018年6月

古镇实录

水上的倒影,扶梳着百年前的垂柳
以及更加古老的青瓦屋顶,白墙略显颓圮
鸡鸣一声声,与炊烟比着懒散的节奏
高速路在不远处呼啸而过,碾压着
这荒草弥漫的景致。一群观光者
踩着雨后的水汪,指点并议论着
那些黑白间杂的村舍,回忆着人神共居的
往昔岁月,以及那些神与时间的杰作
当他们走过这湖面,一根拐杖
斜扔在岸边,一只摩托艇高速滑过
掀起凶猛的波浪,淡褐色的水沫中
慢慢浮起了一个苍老的死者。十分钟后
警铃大作,亲属应声赶到,脱衣下河
……顺便说一句,这群游客在离开后
一直在讨论着老人的死因,并且有人
在接下来的几个夜晚,都做了连续的噩梦

2018年7月

灵魂出窍

并未看到一缕青烟,或者暗光
在平静中出现,但空气中的某种
变化。肉体中的轻颤,遗忘
如同蝉的蜕壳,真身飞去,往事如蜕
当他滔滔不绝,唾沫飞溅
什么东西已悄然消失,仿佛他
是一个时间的模具,是一个
死去的肉身,言说着时髦的话语
且有一个着装时尚的无耻躯壳

2019年4月

苹 果

……从前,我经过异乡的街道
看见你,你挎着苹果篮的胳膊
携着湛蓝衣袖的手指,轻轻地
划破晚秋的晨雾,和少年的视线

一只苹果留在谁的唇边
在异乡,它的香气弥漫了一整个秋天
一些话,它们不像苹果
还未成熟,散发着淡淡的青涩

那些话长成了多年以后的苹果
十几年才熟透,那异乡已变成故乡
在小城的那个夜晚
月光黯淡,把光芒让给了另外的两只

两只全世界最美的苹果!散着积久的

芳香，沾满露珠般的泪水
十几年心怀体温的焐热
禁不住，轻轻地滚过他空旷的胸前

1998年8月

夏 娃

黄昏的霞光中她来到林子的边缘
记不清过往的温婉岁月,没有谁
亦没有一面镜子,照着她光洁无瑕的身体
以及那流水般无法抑制的情绪
上帝居于高处,并没有给她半个字
溪水还没有看清她的容颜,就
羞惭地跌下了谷底。她走着
迈着女神的步子,来到了林中草地
她开始抚摸起树上那些饱满招摇的果子
就如她鼓胀的乳房不能自已,她的呼吸
渐渐加重,什么如耳鸣般出了问题
她努力回忆着有生以来的平静和幸福
背诵着渐渐模糊的天条,和戒律
直到它们渐渐如晚霞般模糊
直到一只软体而色情的爬行之物
……出现如一枚自然界的魔法器具

2018年10月9日

附录

批评是对话,也是创造
——答峻毅[1]问

峻毅:张老师好!由衷地祝贺您的《像一场最高虚构的雪》获得第三届"袁可嘉诗歌奖·诗学奖"。记得前两届获得此奖项的是王家新老师的《在一颗名叫哈姆莱特的星下》和胡亮老师的《阐释之雪》,您是怎么看待这个奖项的?

张清华:这个奖当然很重要。袁可嘉先生是现代中国著名的翻译家、诗人、文学家,出过许多译著、学术专著,尤其是其诗歌创作和翻译,对中西方现代新诗做出了重大贡献,在诗界很有影响力。

记得我在二十世纪八十年代初期,最早接触西方现代文学作品,就是通过袁可嘉先生编著的《外国现代文学作品选》这套书,它给我非常多的教益和启发。我想,中国诗歌走到今天,如果没有袁可嘉先生他们这代学者和翻译家筚路蓝缕的奋斗,就不可能有现在这样一

---

[1] 峻毅,浙江省慈溪市青年作家。

个开放的、包容的、多元化的、繁荣的局面。这个奖以袁可嘉先生的名字命名，意义重大，对于做诗歌评论的人来说，它很受重视。前两届我忝列评委，这届评委们能把这个奖授给我，我很幸运，很高兴。

我是第一次来到袁可嘉先生的家乡，虽然到得晚，周边黑漆漆的，什么也看不清，但还是很高兴，很亲切！

峻毅：接到我们文联让我采访您的任务时，我正身在外地，一时找不到有关您这部获奖著作《像一场最高虚构的雪》的资料，前天晚上赶回来拿书，匆匆阅读，还没有来得及深入细研，但看书名和书中文本标题就很有诗性。从您的自序里了解，"像一场最高虚构的雪"是四川青年诗人白鹤林诗歌《诗歌论》里的诗句，您为什么会选其作为您诗学集的书名呢？

张清华：白鹤林的诗句很有意境，"像一场最高虚构的雪，落在现实主义夜晚的灯前"，给我一个很大的冲击，当然，他的诗句大约也有来历，应是出自史蒂文斯的诗集名字《最高虚构笔记》的启示。我为什么会取这个书名呢？我认为，诗歌是一种精神的，形而上的，一种语言的创造性活动，它本身毫无疑问是虚构的，它来源于现实，来源于经验，但又必须是虚构的东西，属于"无中生有"。但是"无中生有"的有，是说它又必然是"言之有物"的有。所谓的"最高虚构笔记"，应该是说诗歌写作的一个尝试。那么"像一场最高虚构的雪",它是借喻虚构之美,这种精神创造的喜悦得以展现,同时又非常形象,这种像雪一样的意境,会带给人一种幻感——如果一场大雪降临,世界就会被改变,一夜之间被改变。

我有一个观点,就是诗歌研究、文学批评、诗歌批评也是一种创作,它也是一种无中生有的东西,它应该是和诗歌写作、和所有的艺术创作一样,是一种虚构,这是一种创造性的工作,它不仅仅是一种理论的活动,是一种知识的活动,它本身也是一种经验的,精神性的,形而上学的,同时也是感性创造的活动。

我在2010年得过一个"华语文学传媒大奖"的批评家奖,颁奖的感言中我提出了这个观点:"批评是对话,也是创造。"就是说,所有的诗歌批评,是一种与诗人、与诗人的诗歌文本、与所有诗歌经验以及知识之间的对话;同时,它也是一种和诗歌写作同样的虚构性创造。所以我用了"像一场最高虚构的雪"来命名这部书。

这部书绝大部分是有具体的批评对象的,是和诗人作品之间的一种对话性的交流。但同时,我觉得批评家必须言说他自己的经验,言说他自己的思想和感受,一切都不可离开诗歌本身的感性的属性,你不能把所有的东西知识化、逻辑化、理论化,你必须保有经验的原始性和原生性,这才能构成和诗歌的对话,而不是一种简单化的处理。这是我做诗歌批评的一个信条或原则。

峻毅：我个人侧重于散文和纪实写作，平时读诗歌不多，写诗更是少之又少。因为我觉得诗歌是一种语言的极致对撞，尤其是现代诗歌，它所激发的思想是跳跃式的，叙述是碎片式的，不怎么适合我的创作风格，我怕被它给带坏了，所以很少读诗，即便是诗人朋友们的诗，也只是一般地欣赏，很少进入鉴赏细读。我觉得，社会人中的大多数读者是看故事为主的，品诗者是少数，品读诗歌评论著作的人更是少中之少了。读了您的《像一场最高虚构的雪》这部细读笔记诗学集，这才发现，其实真的很喜欢您的文笔。如果让您用一般读者一听就明白个大概的语言介绍一下您的这部大作，您会对普通读者说点什么呢？

张清华：一般的读者大约不会看，也没这个需求，没有看的必要。我认为诗歌批评的本质就是一种对话——首先是和诗人的作品对话，同时又是和作者的对话，同时又是和所有的诗歌写作经验的一种对话，也是和历史上所有的诗歌、所有的诗人之间的一种"潜在的对话"。

假定你的读者不是普通读者，而是诗歌写作的人，你写的文章，不要准备写给一般的读者，一般读者有更多好看的东西。每一种写作都有"潜读者"，你在写的时候会假定你的读者是谁，这就决定了你写的时候所采取的态度。如果要写一本小说，一个通俗性的东西，那么你就会设定是写给一般读者的；如果你要写诗歌批评，那首先一定要写给诗人，你的读者首先是诗人自己，或者是对诗歌有兴趣、有一定的理解力的人。这个我也不勉强，我要对普通读者说点什么，其实很矫情。我就是对所有爱诗的、对诗有一定理解力的，对这样的潜读者来表达我的看法，就是和他们对话。我会设定这样一种小心翼翼的态度——"你看这样行吗？""是不是可以这样理解？""我解释的是不是有道理？"等等，我是以这样一种态度去写。当然，同时也要考虑评论的对象。假定我评论你，我就会首先设定你是我的读者，我必须要让你看了以后觉得我不是在胡说八道，而是试图进行心和心的交流，真诚的交流，而且我保证我在一定程度上读懂了你，我才能说话。如果我没有读懂，我就不能乱讲。当然，不可能完全一致，所以才叫"对话"。

按照弗洛伊德的话来说，所有的阅读都是"误读"，所有的批评当然也是误读，必须保有对话的前提，保有对话的属性，才是实事求是的精神，也才有效，成为一种真正的沟通和共鸣。

先锋是一个时间性的概念或范畴

峻毅：您认真细读诗歌的文本，批评引领诗歌的趋向，让诗人和读者们敬佩和尊重。以您对先锋诗歌的关注和研究，您觉得先锋诗歌对当前诗歌有延续或推动的作用吗？

张清华："先锋"和"先锋诗歌"的概念有很多范畴，有人认为先锋是一种"精神"，假如说它是一种精神的话，那它就是永远存在的。在古代有，现在有，未来还会有，就是一种创造性的，走在时代前面的精神。这是关于先锋的一个说法。但是，作为文学研究来说，你又得承认，先锋诗歌是个历史现象，它是一个历史范畴。意思是说，它一定是在历史上产生过的一个现象。这个现象是有始有终的，它不可能无限延长。所以说，我们现在说的先锋文学，或是说先锋诗歌，指的是在二十世纪七八十年代之交产生的一个具有革命性的诗歌浪潮。然后，持续到九十年代中期以后，基本上已经分化瓦解了；也就是说，它的先锋性已经变得不那么明显了。

显然，先锋是一个时间性的概念，必然是一个走在时代前面的东西，它一定有这样一个属性。那么，有一些时代，它的时间性并不那么强烈，比如现在，世纪之交以后，一方面我们觉得时间过得很"快"，但同时作为艺术的生产，又觉得它变"慢"了，现在大家不再觉得艺术应该是一天一个样子，而是倾向于认为，艺术应该是一个长久而稳定的东西了。所以，在这样的时代，先锋文学还有没有呢？是一个问号。也就是说，作为一个历史现象，一个文学运动，我可以认为它早已结束了；但作为一种精神，它可能依然存在。

去年我写了一篇文章，叫《先锋的终结与幻化》，我认为先锋文学作为一场旷日持久的变革思潮，或者说作为一个历史的文学运动，它已经终结并且幻化成了两种东西，一种是复制和消费的"中产阶级趣味"，一种是以"狂欢"和"怪诞"为特征的"极端写作"和"文学行动"，与巴赫金所描述的"狂欢节"文化具有相似性。极端写作既是对文化规范与权力的颠覆,同时本身也充满娱乐性与自我解构性。所谓"中产阶级趣味"这个理论是从美国文化批评家丹尼尔·贝尔那里来的；"文学行动"则是来自德里达的说法。丹尼尔·贝尔是二十世纪五十年代美国的一个重要的批评家，他当时认为美国的文化已经从先锋艺术抵达了一个中产阶级趣味的时代。什么意思呢？就是"天才的民主化"。天才原来是指极少数人的，现在天才的艺术原则被大家广泛而迅速地接受了，成了民众化的东西，连一个一般作者的写作观念和欣赏趣味也跟以前的伟大作家没什么差别了。比如凡·高的画。过去，在凡·高活着的时候，他已是个先锋艺术家了，但是没人喜欢他的画，没人承认他的艺术。只有他弟弟提奥充当一个"托儿"，买了他一幅画。但是现在，很多中产阶级家庭的客厅或是餐厅里，都可能挂有凡·高的一幅作品，一幅克隆和复制的画。这就是说，原来的先锋艺术已经变成了普通人的兴趣，大众化了，制度化了。这种情况下，你再模仿凡·高，你还是先锋吗？这就不是了，而成了消费性的、流行的、日常生活的一种趣味。丹尼尔·贝尔把这种趣味叫作"中产阶级趣味"。

这是一种情况。另一种情况，我认为是它为了保有先锋艺术的叛逆性和它的那种外观上的别致，便采用了极端的处理方式——完全不要规则，变成"行为艺术"或"艺术行为"。用德里达的话讲，叫"文学行动"。也就是说，是一种"产生于危机经验的反应"，大家都认为诗歌死了，艺术死了，在这个时候，就出现了一种极端的处理方式，你看还没死。比如脱光了衣服朗诵，比如在路边表现行为艺术——吃垃圾，吃蛆、挂着牌子，上面写着"我写诗，我有罪"等，就是这种用行为方式来增加他写作的所谓先锋性。这就是先锋艺术在我们的时代，业已蜕化成为变种的东西。

这算是我的一个基本判断。我这样说，并不否认艺术的先锋精神。真正的艺术创造者，他都坚信，创新、创造是在前人的基础上有所前进，有所不一样，这也是一种先锋精神。我承认这种精神的存在，但从大的艺术逻辑上说，已经变得不那么强烈、不那么明显了。

海子属于几百年一遇的诗人

峻毅：读《像一场最高虚构的雪》，不难看出您对海子诗歌的研究。您感觉海子诗歌对当下诗歌有哪些影响，还能延续多久？

张清华：研究谈不上，有一些感受。海子诗歌在年轻人里边确实影响特别大。就如我知道的，很多地方的年轻人常常会举行各种各样的纪念活动，这表明他们热爱海子的诗。因为海子的诗歌非常奇特和丰富，他的现代性和反现代性都是极其强烈的。他的现代性表现在作为一个现代主义的创造者，其观念有很大的超前性。他对浪漫主义诗歌、抒情传统，对于人类有史以来的诗歌遗产都有系统深入的理解，同时也表现出了一个整合一切、重新创造的决心与态度。尤其是，他具有创造一个伟大的现代史诗的理想，同时也有这样的实践，他的长诗就是一个伟大构想的实践；同时，他的抒情诗也成功地穿越和超越了浪漫主义的抒情传统，这是一方面。

另一方面是他的反现代性，坚持使用一套农业文明背景下的词语，使用这样一个系统，比如他的长诗和抒情诗里都有这样的词语：村庄、麦地、稻田、马车、女神、狮子、雪山……这些符号很明显和现在的城市经验、现代经验是完全不一样的，这也是他使用反现代性的一套语言系统，创造了现代主义的诗歌奇迹。或者相反，他用现代主义的诗语言，成功延续了伟大的抒情创作。现代以来，大家都以为，现代主义诗歌盛行以后，抒情诗已经很难成立了，普遍的是一种经验的表达，或者叫书写，很难带有歌咏性的、抒发性的这样一种表现方式。但是，海子呢，我觉得他实现了浪漫主义和现代主义的结合。借用恩格斯赞美但丁的说法——"中世纪的最后一位诗人,也是新时代的最初一位诗人",他具有分水岭的、断代的意义,同时又连接两种伟大的创造,是两个时代之间的一座桥梁,一个转折和过渡。他改变了历史的方向,具有这样的能力。海子虽然小小年纪就死了,但我觉得套用恩格斯的说法,他可以被认为是"农业时代的最后一位抒情诗人,也是现代主义时代的最初一位诗人"。

海子诗歌的影响可能不是短时间就能体现出来的。有可能几十年以后、百年以后他的影响还在,甚至越来越大。我做过这样的实验:我在我的课堂上,让学生高声齐诵屈原的《离骚》的片段,然后高声齐诵李白的《将进酒》,再高声齐诵海子的《祖国(或以梦为马)》。我问学生:你们认为,这三个诗歌文本,可不可以放在一起?学生高声回答:能!我问:海子和他的前辈比,逊色不逊色?学生齐声说:不逊色!我说:我可什么都没说啊。

我觉得,某种意义上可以说,我们的母语在变成现代汉语以后,是海子的抒情诗和史诗,使得她变成了一种伟大的语言。也就是说,有了《祖国(或以梦为马)》这样的诗,现代汉语不再是一种幼稚和单薄的语言,而已然无愧于一种伟大的语言。这个在胡适的《尝试集》里是没有实现的,在郭沫若的《女神》里也没有实现,在艾青、在很多前辈诗人的诗里部分地实现了,而在海子这儿则"标志性地"实现了,我觉得可以说是一个标志——现代汉语变成了一种伟大的语言，和我们的古代汉语放在一起毫不逊色。所以，我觉得海子是能影响几百年的诗人，他属于几百年一遇的诗人，他和中国历代最著名的诗人搁一块儿，也不会逊色。这一点我可能武断了一些。有人认为海子的诗歌只是青春期的一种产物，言外之意是不愿意承认他大诗人的性质。我无法同意这样的说法，因为诗与别的东西不一样，它具有某种神秘性，也超越知识和成熟本身，兰波不到二十岁时已经基本完成了写作，你能认为兰波不是大诗人吗？历史上大多数浪漫主义诗人都没有活过三十岁，但大诗人有一大批。对于杜甫来说，有"晚年写作"的重要性，但对于李白来说就不存在这样的问题。

文本，还是人本

峻毅：传统诗歌在骨子里是"言志"，形式上是抒情的，但"诗是抒情的"在朦胧诗过后的先锋诗人那里似乎行不通了，他们好像对传统抒情艺术失去了信任，没了兴趣，而是提倡"反抒情"。为什么会发生如此逆转和变异呢？

张清华：刚才也说了，现代主义诗歌表达的，是对于社会的一种批判性、反思性的认识，是对于人类经验的分析与处理。而古典诗歌则主要是抒发"情志"，所谓"诗言志"，"诗缘情"。

宋代诗歌也表现经验，苏东坡"横看成岭侧成峰，远近高低各不同。不识庐山真面目，只缘身在此山中"，陆游的"山重水复疑无路，柳暗花明又一村"，这些都具有鲜明的"经验"意味。宋代的诗人不像唐代的诗人那么牛，"黄河之水天上来，奔流到海不复回"，他不跟你讲理，他是"不讲理"的，是抒情的；那么宋代诗歌则主要是说理，所以，很多人认为宋代的诗歌乏味。毛泽东也说，宋人写诗"味同嚼蜡"，说的就是这种经验性。那么现代诗呢，专门表达经验，不仅是表达经验，还是对经验的复杂化处理，而且还不表现正面情感，更多的是表现负面的情绪，表达无意识。所以，从波特莱尔以后，人们发现诗歌变得幽暗了，变得灰暗了，变得黑暗了，总之变得复杂了。那么复杂的系统，就是表明人类的认知——从对外部世界的认知，转向了对内部世界的认知。内部世界的复杂性，和外部世界一方面是匹配的，另一方面则是更不确定的。人看外面看得明白，看自己是看不明白的。所以现代诗是对内部世界的一种反省，反抒情的属性很鲜明。这是一个原因。

我是从认识论这个角度来说的，人的认知方式发生了改变。另一方面，工业文明和农业文明是不一样的。或者说，现代文明和传统文明是不一样的。传统文明是田园牧歌，是和谐的，缓慢的一种生活方式。现代社会则是一种骏急的、嘈杂的、变动不居的生活方式，而且还充满了异化性。就说现在的人工智能，好像大家还普遍感到很期待，但另一方面也意识到其巨大的威胁，总有一天它会制造出人类难以应对的麻烦，因为人工智能是人类所有智慧的会合与结晶，单个人是难以与之匹敌的，这就是现代文明的异化。这是另外的一个原因。就是说，诗歌变得和以前有那么巨大的不同，这是没有办法的事情。就像现代艺术中的那些装置，乱七八糟的金属材料或者废物的堆积，人简直不可理喻，看一看米开朗琪罗的雕塑和现代艺术家的雕塑的差异性，对这一点就很容易理解了。

峻毅：在您的《像一场最高虚构的雪》里，虽然触及的几乎是现当代的诗人，但其实不难看出您对中国文学批评不仅相当熟悉，而且颇有自己独到的见解。比如对于"批"与"评"的分别，比如对于孟子"知人论世"和司马迁"悲其志，想见其为人也"的解读等，同时从哲学的层面上对于中西两种批评理论及实践做了相当精密的剖析。您也认为诗歌批评，更多的是试图在诗与人之间寻找一种互证、一种内在的阐释关系；只有如此，才能真正接近于一种"文学是人学"的理解。我想问的是，对于中国现当代的诗人来说，是中国古人的批评方式更适合他们，还是欧美的批评方式更适合他们？

张清华：这个问题问得特别好。我这本书的序言里，提出了"文本还是人本，如何做诗歌的细读批评"

这样一个命题，我是针对英美的"新批评"方法提出的。英美的"新批评"把诗歌批评专业化，创造了很多技术性的概念和范畴，比如说"语境"啊，"张力"啊，"隐喻"啊，等等。他们发明了很多概念，然后对本文进行处理，这很好，但另一方面他们又主张假定作者不存在，而单独非历史地、非人格地去进行纯文本解读，故有人也称其为本文主义批评。用专业性、技术化的批评理念来处理文本，这种批评方式对于中国的批评界有很多影响，有不少人学习并尝试用这种方法，去进行批评实践，有人也将此叫作细读批评。但是中国传统文学批评当中，也有一种细读批评，大家可能都忽视了，那就是历代的"诗话"。诗话其实都是细读批评，是针对某个文本，甚至是一句诗进行批评。比如说，王国维在评宋人的名句"红杏枝头春意闹"时，就特别说，"著一'闹'字，则境界全出"，他就单纯讨论那一个"闹"字。可见中国传统的诗歌批评也针对文本。

中西两种诗歌批评有相同的地方，也有不一样的地方。归根结底，中国传统诗歌批评强调的是文本背后的那个人，从司马迁那儿开始，就常有这样的句子：读其文，"悲其志"，想见其为人也。什么意思呢？就是理解诗歌其实不是理解文本，而是理解背后的那个人——那个人的生命处境，那个人的情怀和抱负、胸襟和人格，我觉得这才是诗歌研究的正途。这种方式，在西方，现代也有，海德格尔和雅斯贝斯他们就常使用这种方法。比如他们讨论荷尔德林时,他们把荷尔德林当作一个人,将他的命运的悲剧性融进对他诗歌的理解,那个生存者不仅是一个诗歌文本的创造者,更重要的是生成了一个伟大的人格,一种感人的生命处境。我觉得,真正好的诗歌批评应该以这个为终极目标。所以我强调,不是"文本主义",而是"人本主义"。虽然你是从文本出发,但最终一定要抵达人本;或者说,试图抵达人本。当然,有一些当代的诗人,他的生命人格也没有多了不起,你可以拿他当一个普通人来理解,一个普通人也有他的情志,也有他的生命处境,这些都应该作为解读诗歌的一部分。归结起来,就是孟夫子所讲的"知人论世"。"知人论世"的方法,就是细读批评的基本方法。这个话说起来很复杂,简言之,就是那么一个逻辑。这就是我认为当代的从事诗歌研究、诗歌批评的人应该有的一种理解,或是应该秉持的一种逻辑。我呢,就是希望从这个角度去讨论诗歌,所以我把诗人分成好多种,一种是伟大的诗人。伟大的诗人是用燃烧生命去创作的,不是用文本创作,而是用生命。像屈原,屈原如果没有自杀,没有愤而投江去验证他的《离骚》,他还活着,比如投降了秦国,他的《离骚》就是一个笑话。是吧?像李白,李白如果后来还仰人鼻息,做了某个官员的门客,或者做了皇帝的御用诗人,那他的什么"斗酒诗百篇""天子呼来不上船""仰天大笑出门去,我辈岂是蓬蒿人",就是胡说八道,都成了笑话，都成了骗子；他必须是知行合一的，他的生命实践和他的诗歌是统一的。所有大诗人，都是达到这个境界的。像海子也是，他用他的生命完成了他的诗歌，海子如果活着，当了教授，或挤于我们中间，他写《祖国（或以梦为马）》"我不得不和烈士和小丑走在同一道路上"，"万人都要将火熄灭，我一人独将此火高高举起"，"我借此火得度一生的茫茫黑夜"，那不是吹牛吗？所以呢，你理解伟大的诗歌和伟大的人格是互相印证的，它缺一不可。你写出了伟大的诗，但你是一个俗不可耐的俗人，对不起，你就一个骗子。也有很多诗人没有惊天动地，但是他们像李商隐说的"春蚕到死丝方尽，蜡炬成灰泪始干"，就是"春蚕吐丝""蜡炬成灰"式的写作，用漫长的一生去完成。你看杜甫就是这样的，他一生修炼想成为儒家的典范人格，所以我们把杜甫叫诗圣，他用一生来完成他的诗。李白可能用一首诗就完成了，但是杜甫需要用一生，李商隐也需要用一生。像南唐后主李煜，他本是一个无所事事的皇帝，他的诗歌华美婉约、颓废奢靡，那样的东西就没有太大的意义，但他做了亡国之君，他一生的不幸见证了他的亡国之音，也是非常感人的。你读李煜的词，为什么觉得感动？因为李煜作为亡国之君，他的命运见证了这些文字。如果不是那些命运见证，他的词，也是一些虚头巴脑的东西。我把诗歌做这样区分，主要还是从人本上区分，分为伟大的诗、重要的诗、优秀的诗、普通的诗；

诗人也是分为伟大的诗人、重要的（或者是杰出的）诗人、优秀的诗人、一般意义上的诗人。现代以来的诗人，大部分是一般意义上的诗人。当然，有些诗人的人格是分裂的，像顾城。读顾城的诗，你就会觉得有一种特别复杂的东西在里面，就是因为他的人格是比较复杂的。他一方面很善良，很懦弱，很单纯；另一方面又做出了让人不可思议的残忍行为，那么他的诗我们在理解的时候，就有一种复杂性的设置在里头。所谓的人本和文本的关系，大致上是这样一个理解。

诗歌代表一个民族语言的最精密的部分

峻毅：您是中国当代重要的诗歌批评家，请您梳理一下当代中国诗坛是什么样的状况，谈谈中国诗歌在世界诗歌的版图上有什么特色。

张清华：啊，这样总体性的话题，特别让人恐惧。以前年轻的时候吧，我还动不动喜欢做些概述，总体状况的一些描述。现在几乎不敢了。今年是新诗一百年，一百年呢，分几个大的阶段。一个是白话诗阶段，应该是头十年，就是1917年到1925年前后；1925年以后象征派诗歌出现了，意味着诗歌找到了一个内在的逻辑；到二十世纪四十年代，诗歌趋于成熟了，出现了很多重要的诗人，像冯至、穆旦、袁可嘉等九叶派，这条线呢，到了四十年代又中断了。解放区革命诗歌出现以后，有了一个新的阶段，一直持续到七十年代末，有三十多年的时间，就是革命、政治、运动、号角、概念这些东西。到了七八十年代之交，出现了先锋诗歌运动，从朦胧诗到第三代，再到九十年代诗歌，这是一个基本线索。然后世纪之交以后，就是新媒体时代和消费时代，随着经济的快速发展，新媒体的涌现，诗歌的传播方式变了。原来的传播方式是制度化的，你写了诗寄给杂志，或者报纸，那里有编辑审核你，你行就发，不行就发不了，制度培养你才行。现在呢，哪儿都能发，诗歌发表的平台太多了，你可以自印白皮书，可以合作印书，可以自创民刊，可以在大量的地方刊物上发表，还可以通过手机阅读平台发表，通过网络自媒体来发表。诗歌作为一种文化权利，它已经平面化，平权化，这也导致诗歌的审美和情趣多元化，你也可以说空前的繁荣，也可以说它泡沫化、粗糙化、粗野化。任何一种概括都不能以偏概全。当说它是繁荣的时候，切不可忘记它的泡沫化；当指责它泡沫化的时候，也切莫忘记它有空前的生气和活力。这就是我们当下时代的诗歌状况，多元化、平民化、泡沫化，同时又有前所未有的活力。

中国诗歌随着中国文化在世界范围内的不断传播，随着中国经济、政治、文化方面地位的变化——这不能简单地说是提升，它是一个比较复杂的变化，汉语的重要性肯定越来越突显了；汉语在全世界内的重要性，也前所未有地突显。那么诗歌作为一个民族语言的最精密、最复杂、最严格、最高级的部分，未来自然会有更大的影响。中国有许许多多特别了不起的诗人，我们可能跟他们生活在同一个时代，不觉得有多了不起，但放到世界诗歌的格局里面，我们可以明显看到中国诗歌的快速成长。从朦胧诗，从北岛他们开始，像北岛曾无限接近诺贝尔奖，只是后来渐行渐远了。后来比北岛写得更复杂、更新的诗人很多。第三代诗人里有大量的诗人都写得非常厉害，非常了不起。

峻毅：中国诗歌近期有得诺奖的希望吗？

张清华：这个问题可不好回答……至少从目前的势头看，还不好说。要知道，日本第一个得奖的川端康成是在1968年，第二个大江健三郎是在1994年，中间隔了二十六年；印度的泰戈尔得奖是1913年，迄今已经一百余年了，印度还没有第二个作家获奖。所以这是一个无法预测的事情。显然，在世界范围内，汉语的重要性还没有完全突显，这和许多因素有关系，文学本身的潮流，还有社会政治的大环境，"评奖政治"，还有某些特殊的机遇，因为它必须"跳来跳去"，在五大洲之间，在各种文类之间——小说家、诗人，现在还有了"非虚构"、摇滚等。特别是政治的机遇，像苏联，因为它在政治上跟西方对峙，西方便喜欢给苏联的作家以崇高的荣誉，像肖洛霍夫、帕斯捷尔纳克、布罗茨基、索尔仁尼琴等。苏联作家频频得奖，跟政治有密切关系。

峻毅：您对中国诗歌的发展和文学评论有哪些预期吗？

张清华：我真的不敢预测，"预言家"是不受欢迎的，我只是觉得中国的诗歌从文本和写作本身看，确实抵达了一个比较好的境地，单从技术上看，写得好的诗人很多。每年做一个年选，好诗可以说是琳琅满目的。但"好诗"和"重要的诗""伟大的诗"，不是一个概念。这也就是从所谓"及物性"上看，你的诗写得很好，但是没有太大的价值，对于社会和文化的现实没有明显的及物性，也就是说，一个诗人在现代产生重大影响，常常不能单纯靠所谓的"好诗"来实现。一个大诗人不能仅仅写好诗，还必须要有重要的诗。而重要的诗不一定美，甚至也不一定好，这就是一个非常奇怪的问题了。古典时期不是这样的，古典时期你若写出了分量特别重的长诗和若干短诗、抒情诗，你就是一个大诗人了。像拜伦有《唐璜》《恰尔德·哈罗尔德游记》两部长诗，然后有大量的抒情诗，就成就了一个伟大诗人。而现代，还必须要敏感地体现诗与社会、诗与历史、诗与时代之间的微妙关系，你还必须强大到足以影响诗歌写作的可能性、诗歌写作的历史和方向，有这样的文本，才能够成为一个大诗人。这对于一个诗人来讲，几乎是难以实现和接近的。所以，有人企图写破坏性的诗，写"非诗"和"反诗"，这都是现代主义的写作逻辑决定的。也即我前面说过的，德里达的"文学行动"意义上的写作，不只是一个文本行为，而是一个极端的实践行为，或者一个主体行为。所以我觉得不能盲目乐观地认为一定会出现伟大诗人，或伟大诗歌。因为伟大诗歌是需要牺牲的，在我们的时代，这可能是一个奇怪的悖谬逻辑。你要想写出不同凡响的诗歌，那么你就要试图破坏写作的规则。破坏写作规则同时也是一个通向伟大写作的损失，它几乎是一个宿命性的东西。

写作是为了建构另外一个自我

峻毅：请您谈谈您所理解的现代诗歌在当下时代社会人心中的位置；在实际生活当中，您是怎么看待诗歌的？

张清华：现代诗歌在一般读者心目当中那就是怪物，奇怪的东西。这跟中国古代是不一样的。中国古代所有读书人都要读诗，读书人很大一部分工作都在读诗上。孔夫子第一个兴办私学，他所教的学生，最多的时候不知有多少人，所谓"弟子三千，贤人七十二"都是不详细的说法，他那时的教材就是《诗经》。古代的诗歌表达的是人的"情志"和经验，所谓"诗言志"和

"诗缘情",所有人对诗歌的理解不存在障碍,诗歌是通过美的语言、有韵律和节奏的词语来处理这些东西,它的技术性,它的通约性,它的稳定性,它的形式感,都是可以通过训练来获得的。但现代诗歌,主要是内在功夫,它不再要求有格律、韵律和节奏,连排列都可以不讲究,但它有一种内在的东西是比较晦暗和复杂的,一般的读者对这个东西不经过较长时间的修习和训练,很难进入,所以一般人觉得很奇怪,敬而远之。有一部分人,从好奇到长期关注,最后走近了诗。

所以说,诗歌变成了小众性的艺术。

对我来说,任何写作都是试图建立另一个自我的一种努力。所有的写作,最后是为了建立一个"我"。因为不满足世俗生活中的我,试图实现另外一个我,通过文字建构自己的精神王国,自己是这个王国的统治者、创造者。因为创造会带来喜悦,会觉得对自己有一种尊敬和喜欢,这是我对写作的一个基本理解。

还有,建构另外一个自我,其实就是"扮演一个角色",因为每一个人从精神现象学的意义上来说,都有一个自我认知。一般人的自我认知通过镜像,通过镜子来看——这个人就是我。从精神分析学来讲,一辈子都在寻找一个自我,这个自我和我之间是一个若即若离的关系,当你不断地通过文字建构自我的时候,就能发现新的自我的可能性。写出了一部好的作品,你会想,这是我写的吗?这是我的创造物吗?我有这么厉害吗?你会不断地发现自我的可能性,所以你的自我就越来越值得尊敬,值得认可,一个写作者的自信和一个"作家"的身份就逐步建立起来了。这是写作的基本动力和秘密所在。所有的写作,都源于对自我的一种不满足和不断的突破与建构,即延展自己人格的边界。就像一个好的建筑师,建造了伟大的建筑,他自己不一定住,但那是他的创造物。他即使是看着别人居住,他也会想,我是个了不起的建筑师,我又创造了一座了不起的建筑。

峻毅:我在读您的《桃花转世——怀念陈超》一文时,正值这位至诚至性、真心热爱诗歌、具有自由的学术精神和深度的专业自觉的优秀诗人和著名诗歌评论家离开我们三周年的日子,诗和诗歌理论最终没能挽留住他,让人悲痛,让人伤感。如今,他人不在了,但有些精神上的东西是不会消失的,将会用另一种方式存在,在另一拨人的笔下生长,继续影响喜欢诗歌的人们。您跟陈超先生是同代人,您是怎么看诗歌精神的?

张清华:诗歌对于一部分人,可能就是语言游戏,但对于那些比较有抱负的人来说,诗歌的精神其实就是一种形而上的忧愁,用李白的话讲叫"万古愁"。这个万古愁是一种"闲愁",没有一个固定明确的原因的愁,所以我认为是一种"形而上学之愁"。当然,在有的人那里,它也对应着一种性格乃至骨子里的"忧郁"，甚至是病态的"抑郁症"。但总的来说它就是诗人对于世界的忧虑，对于生命本身的一种感怀，对一切身边的和遥远事物的关怀，是没有理由，也没有利益攸关的一种关怀。当然，最根本的还是对自我生命的一种忧愁，像"君不见黄河之水天上来"，"黄河之水天上来"关你啥事？倒是"君不见高堂明镜悲白发，朝如青丝暮成雪"，这和自己有关，它是一个巨大关怀和一个当下关怀的结合物，一下看到自己的白发，啊呀，觉得很悲伤，一种无限的悲伤延伸到了目光所及的所有对应物之上。

峻毅：诗歌是无限的，有无数种可能性，其实散文也是这样，小说也是这样，任何文学作品都是如此，因为文学作品是随着时代的发展而发展的。但是，任何一种文学本体的文本，都是有局限性的。您是文学院教授，博士生导师，很想听您谈谈当下时代的文学批评的局限性和问题性。

张清华：人人都在数落和鄙夷文学批评，那么"文学批评的局限性"到底是什么呢？在我看来就是赋予了它太过巨大的使命。在很多方面都是无法回避、无法避免的一个问题。批评本身在古代是一种非常个人的、极其小众的工作。比如古代的"诗话"，是古代的学者在编撰或品读诗歌的时候说的一些闲话，积累多了就变成了所谓的诗话。比较典型的批评，比如"四大奇书"的批评，毛宗岗批评《三国演义》，李卓吾批评《忠义水浒传》，张竹坡批评《金瓶梅》，都是著名学者或藏家对一个版本进行的研读，当然不单是研究版本，还研究文章，在文章的边角处进行批注，后人就把这个叫作"批评"。现代文学把批评变成了一个公共性的文化实践，在某些时刻是代表官方来做定论。做定论有的时候正确，有的时候也不一定正确。所以人们对于文学批评寄予了太多公共性和官方色彩，这个对于批评既有一种提升，也有一种不可避免的扭曲。历史上因为这种批评所造成的悲剧实在是太多了。

一个批评家处在这样一种复杂的关系当中，我以为应尽量回归他的本位。他的本位归根结底就是一种对话和创造。如果不是对话性的，而是居高临下的、颐指气使的，就是非常致命的问题了。

峻毅：我因为个人原因，略知一些中国佛教与中国古代文学的渊源，所以很想听听您这位当代大家谈谈佛教对现代文学，特别对现代诗歌的创作有哪些影响。

张清华：佛教是中国文化的内在结构当中非常重要的部分。中国原发的道家思想，外来的佛家思想，还有多种思想交杂产生的禅宗思想，这些都是中国人信仰系统当中非常重要的部分，古代很多写作跟这有关系。从南北朝时期以后，佛家的思想在文学中含量越来越多，特别有代表性的像王维，像苏东坡，这两位大诗人都深受佛家思想影响。小说也是一样，《红楼梦》和《金瓶梅》中，佛家思想很多，所谓的"几世几劫""由色入空"都是佛家的概念。在《水浒传》中也有佛家思想主导的一个构造，就是前世来生、聚散有缘。佛家思想在汉语里面也生成了很多"语言无意识"，汉语里的很多词都是从佛经里来的。现代以来，革命和西方文化的涌入，使中国传统文化的气脉出现了一个中断，佛家的东西比过去相对少了很多，但也还是有的，比如现代文学里的许地山，他受佛家思想的影响是比较大的。

峻毅：是的，我读过许地山的散文集《空山灵雨》，除了佛家思想，文笔也像他的书名，很空灵。

张清华：当代的诗歌里面，我没有专门研究，我只是注意到有一些诗人，他们会利用佛学思想里的一些东西。"第三代"诗人里面，像"整体主义"诗歌里面有佛学思想；海子的诗里面也有一些，因为他的地理空间十分巨大，从尼罗河、恒河，到两河流域，再回到黄河，海子的诗歌道路是超国界的，中国、印度、埃及、巴比伦……这都是他诗歌的版图，所以，海子诗歌当中也有一些佛教思想。其他的，我还没有特别梳理过。

2017年11月2日，慈溪白金汉爵

诗歌写作关乎生命
——答舒晋瑜①问

诗歌和生命有关,这是最核心的

舒晋瑜:2010年华语文学传媒大奖颁奖会上,您曾经表达过"理想是得华语文学大奖的诗人奖",您的理想是诗人?

张清华:获奖者要发表获奖感言,我那时是为了缓解紧张的气氛而说了句玩笑话。不过玩笑归玩笑,我的诗歌写作还是认真的。1984年我作为大四学生,首次在《飞天》发表了诗歌,是大学时班里第一个在刊物上公开发表诗歌的人。《飞天·大学生诗苑》是二十世纪八十年代初所有大学生诗歌写作者心中的圣地。

我在学生时代苦苦写了几年,不是很成功。细想原因可能是与那个时代的思想潮流没有衔接起来,没有幸运地受到某种及时的引领和感召,所以写作常在误区里

---

① 舒晋瑜,《中华读书报》记者。

转悠，主要是迷恋朦胧诗和西方浪漫主义诗歌，对复杂的现代主义诗歌接触不够。

朦胧诗是过渡性质的写作，本身承受时代的压力才获得意义，而我作为模仿者承受不到压力，所以那种模仿显得无病呻吟，没有现场感和时代的紧张关系，修辞方面的讲究在模仿当中变得消极。大学毕业以后我先分配到一个师专工作，在闭塞的小城，思想的感召更为稀薄，有几年基本是在重复写作。1986年发生了第三代诗歌运动，我当时看到了这些诗，却没有产生专业性的敏感，因此错过了脱胎换骨的机会。

1988年我读研究生时又开始尝试写作。那时候比较迷恋杨炼式的那种写作，对文化寻根、史诗写作比较有兴趣，但实际上又陷入了观念化的窠臼。我在20世纪80年代末90年代初写了很多具有结构性的组诗，现在还能够有点意思的是《为希腊而歌》《悲剧在春天的N个展开式》《上升或下降——一个人的旅程》等。我后来反思，问题在于我的文化追求和个人经验之间发生了脱节，始终没有处理好文化主题与生命经验的关系，写作大都陷于凌空虚蹈。现在想来，如果及早意识到不盲目追求宏大主题和去历史中找灵感，可能会少走一些弯路。

这种影响，跟阅读的片面也有关系。这种情况在1992年以后发生了变化，概念化的问题不那么严重了。这么一直写下来，到90年代后期，才忽然意识到诗歌应基于个人经验。

舒晋瑜：这种"忽然"到来的意识，有什么契机吗？

张清华：诗歌和生命有关，这是最核心的，其他经验都是次要的。三十几岁时我忽然有这种感受，但还没有悟透。很重要的原因在于，我一工作就是在高校从事教学和研究，这个角色极大压抑了我对生命经验的关注和敏感，张大了文化、思想甚至哲学方面的诉求。

另外还和年龄有关。三十多岁以后我认为自己对诗歌有了比较明确的理解，基本确立了生命本体论的诗歌观。所谓生命本体论，按照传统讲，就是知人论世。诗必须和生命人格、生命人格实践构成血肉联系，"春蚕吐丝""蜡炬成灰"既是生命状态也是写作状态，也是诗歌反映的人生道路，是从人本主义而不是文本主义的角度评价诗，所谓人本就是我们从诗中看到人，在整体理解诗人的前提下返回到文本，从人到文本再返回到人，最终是理解人而不是文字。你对诗歌有没有深刻理解，不是对诗本身的理解，而是对诗歌背后的生命经验的理解。

舒晋瑜：您的《猜测上帝的诗学》（北京大学出版社），就是阐述生命本体论的诗学观念。"上帝"有"诗学"吗？

张清华：我以为是有的。这当然是一个比喻，他比任何个人所主张的都要简单得多，也坚定和公正得多。这个诗学就是生命与诗歌的统一。这是最公平的，也是最残酷和最难的，它区别出历史上一切诗人的根本分野：一切平常的诗人，都只是用手、纸和笔来完成他们的作品，而杰出和重要的诗人则是"身体写作"，是用他的生命和人格实践来完成写作。诗歌史的经验印证了这个道理：不朽的诗人，他的人生与他的写作永远是一体和"互为印证"的。

很难设想，屈原的《离骚》和他的愤而投江是可以拆开的——如果不是写出了伟大的《离骚》，他也许不会有勇气做出那样悲壮的对命运的一击；反过来说，如果不是这样一个敢于反抗命运的屈原，怎么会写出这样不朽的诗篇？伟大的人格才能创造出伟大的诗篇。当然，践行诗歌的方式有很多种，像屈原、李白、苏东坡、杜甫都是用生命践行诗歌，有的激烈，有的温和，有的是激烈之后归于达观或平淡，总之是诗歌的道路也是生命的道路。浪漫主义时代的诗人们都是用自己非凡的生命实践来完成写作的，所有的诗人都如彗星那样一闪而过。稍小一点的诗人，像南唐后主李煜那样，做不了彗星和火山，但他的悲剧性的人生也有很感人的一面，他也可以作为命运和诗歌写作有内在统一的例子。还有，假定你是一个救赎者，或是思想者，哪怕没有惊天动地的人生，但总归也是要付出一些东西，至少体现出与现实有某些紧张感或挫折感，这些都会成为你诗歌的一部分，会成为"上帝"最终考量你诗歌的分量的重要参考。

"像俗人那样生活，像上帝那样思考"，是一种比喻，完全意义上的人格分裂，我认为是很难做到的。

舒晋瑜：您对诗人的理解和所有其他评论家都不一样。

张清华：生命本体论的诗学，就是指从根本上永远通过生命经验来谈诗，或通过谈论诗歌而皈依到生命经验之上。如此来理解时，突然发现一扇门打开了，所有东西都能内在地读懂了，而不仅仅是单个门的打开。

我把诗人分成了四个级别——这也是比喻的说法：伟大诗人，杰出或优秀诗人，一般诗人，还有"假诗人"。最伟大的诗歌，必然是包含了诗人不朽的生命人格实践的诗歌，像屈原、李白、杜甫……像19世纪欧洲的那些浪漫主义诗人，他们大都曾为他们的理想奋斗甚至付出生命；诗歌的最高形式应该接近于老子所说的"道"，"道"的原始形态也如柏拉图所说的"理式"，它可以被"道"——但一说出，也就不是原始的"道"了。诗歌的最高理念和标准，不是负载于某一文本之中，而是存在于一切文本之中，是一切文本中所蕴含的规律、本质和规则。杰出诗人也都具有实践性,都与命运有关,"春蚕到死丝方尽,蜡炬成灰泪始干",食指就是这样的诗人,他用命运实践了他的作品,用他的生命见证了诗歌的意义与内涵。这也是诗歌的奥秘,写作只有在真正呈现了生命处境的时候,才会具有感人的力量。如果做不到这一点,诗人只是一般意义上的写作者。

舒晋瑜:您认为诗人从生命人格实践中应该对自己有要求,您对自我有要求吗?

张清华:这是个苛刻的问题,也是真正的问题。对我来说,更多的是理性层面的暗示。我相信诗歌写作的界面很宽,作为小诗人,我不可能试图做一个圣者和贤者,但应该持守诚实的原则——真实地表达自己的情感和经验,包括无意识经验。

我觉得自己后来写得越来越好了,主要是作为写作者和写作本身的匹配。我不再冒充一个文化角色去写作,我希望成为彻头彻尾的日常生活的经验主体。我自感我的较长篇幅的诗中最好的是《90年代叙事之一种》。就是带着反思,还原到日常生活经验,对小善和微恶加以分析,这就使诗歌有一种现实感、主体的在场感,真实地传达了现实经验,这也是写作的一种本色状态。

舒晋瑜：您说后来"写得越来越好"，"好"的标准是什么？

张清华：越来越诚实、真实了，越来越具有自我的分析性、自我意识的敏感度了，越来越贴近真实的生命经验，表达方面越来越注重细节，这是我忽然意识到的。

所以很多评论家看到我的近作《二十四首诗》（一个白皮小册子），认为更老辣些。我中和掉过于雅致和抒情的成分。过去零星地写，都是有感而发，不小心就有了一些抒情——我现在充分意识到，抒情是必须节制的，中年时期的写作如果让人看到不加节制的抒情，是比较可耻的。

舒晋瑜：为什么？

张清华：不成熟。到了一定年纪，成了"老男人"，如果还不加节制地抒情，便是不成熟了，别人说你写的是"抒情诗"，可能就是含蓄地说你提炼得不够，处理得不够纯熟纯正，没有把情感化开；当然，过于知性和观念化也有问题，如果没有生命本能的东西参与，诗便会枯涩。只有将生命的、本能的、无意识的东西植入进去，作为催化剂，才会有意思。一首好的诗歌应该做到情感于内，无意识经验于外，同时将观念夹在其中。这样才是有质感、活力和魅力的。

所以，如果你读到我一首"没有观念"的诗，我便成功了。

舒晋瑜：您感觉评论家的身份对创作是一种障碍？

张清华：我必须和我的职业做斗争。对我来说，写作的意义，写作能不能产生好的文本还在其次，重要的是矫正我的理论和研究工作带来的职业钝化。对任何形象和艺术作品的处理都变成了职业化的处理，这种处理会显得特别专业，但也常常会是舍本求末，把艺术本身丢掉了。这是可耻的。

诗歌本身的写作经历对我有几种影响：一是在思维方面，尝试作为"作者"贴着写作本身的经验去评论，以一个接近内行的态度和眼光去看别人的写作，而不是只作为"读者"或研究者的角色说长论短；二是试图把观念性的要素嫁接到艺术形象上，而不是从中分离；三是对语言的要求——因为对语言近乎变态的处理方式，我的文字可能或多或少变得有趣、有质感或相对准确些。这对我的研究反过来有影响。

诗歌写作反哺了我的研究和批评。

我想用写作表现出自我最核心的生命记忆

舒晋瑜：《中年的假寐》《枯坐》《飞蚊症》等诗，深刻地描写了中年的真实状态。有评论家称之为"中年写作"。您认为自己"中年写作"呈现出来的诗歌作品，具有哪些特点？

张清华：最近十几年我写的，大体都可以归结为"中年主题"的诗歌。中国诗歌有中年写作的传统，特别是杜甫、李商隐、苏东坡。通透、老熟、淡泊、旷达，百感交集，五味俱全，中年写作是丰富的状态。杜甫的《望岳》"会当凌绝顶，一览众山小"，充满青年时代的浪漫激情和雄心壮志，但他最好的诗则是中年以后的，大家常谈的《秋兴八首》，是书写杜甫在南方和巴蜀时颠沛流离的生活，《登高》中"艰难苦恨繁霜鬓，潦倒新停浊酒杯"，显然是人生最丰富、最内在的境界。

中年写作是有诗学意义的。中年不是说一个人的社会年龄，以及世俗意义上的油滑、世故，而是指中年生命经验的老熟和颓败感，是一种趋于成熟和复杂的美学范式，这是根本。如果你接近或理解了杜甫的生命状态、生命处境，那就是值得嘉许的境界了，你能够把人生的诸般困境和挫败感，与生命的智慧内在深化融为一体,就会出现一种别样的境界。任何写作都是源于生命的某种情境,特别是困境。诗歌写作相当于从自己的主体变成他者,用他者观照自我,"重新活一次",并且将其凝固在语言中,这是写作的真谛和根本动力。如果说诗歌写作有什么乐趣,那就是相当于在诗歌中"又活了一次",并且是"作为他者又活了一次"。

舒晋瑜:在您的诗歌中,写了父亲、母亲以及童年记忆,您写亲情的同时,把亲人和这个世界联系起来,这就使亲情的意义得到更深入的扩展。比如《透过大地我听见祖父的耳语》,想象中祖父和大地连在一起——您的故乡也不仅仅是故乡,而是更广阔的"大地"的概念了——为什么会有这样一种拓展的意识?

张清华:和我的生活经历有关。我的童年有很多时候是跟着奶奶和外婆生活,对乡村有一种天然的亲和,生命经验的核心地带就是以乡村、以故乡记忆为根基建立的,这一点在城市里长大的孩子不会理解。村庄、土地、庄稼、乡村自然成为我生命记忆的根基,故乡的一棵柳树,那错落的低矮房屋、原始的居住群落……当日常生活中的某个场景、某个生命的处境触动了我,并且我试图去进行处理的时候,我感到自己立刻就回到了那个乡村的原型。

你说的这首诗,是我给祖父上坟时多次都有的感受。有一次刚好看到坟上有两只蛐蛐，它们卧在那里一动不动，我忽然感觉它们就好像是我爷爷奶奶的化身。我回想起爷爷卖掉芦苇编织的器具，回到家里，躺在土炕上哼着小曲满足的样子，仿佛看到一个曾在大地上行走的农人，现在终于和土地完全融为一体，我便想起了海德格尔所讨论的凡·高的《农鞋》。

海德格尔在《艺术作品的本源与物性》中认为，器物一旦被艺术的框架装置起来，就会显示出与平日普通用途不同的意味。鞋的主人是缺席的，但恰恰是这缺席，唤起了我们的记忆和联想，唤起了我们对农人一生行走、创造、付出、艰辛、痛苦和死亡的想象，农民的生命和土地之间建立了意义关系……可能受到这些东西的感召，我就想要表现出自我那些最核心的生命记忆。

舒晋瑜：这首诗是在什么状态下写的？

张清华：现场的触动后来经过发酵，在某个时刻跳了出来的。也还是有灵感的不期而至。王国维所说的"三重境界"——写作的三重境界和人生的三重境界是一样的，第一重"昨夜西风凋碧树。独上高楼，望尽天涯路"是企望，不可能出现什么；第二重"衣带渐宽终不悔，为伊消得人憔悴"是一种探求和修为；最后，灵感的出现是没来由无厘头的，"众里寻他千百度。蓦然回首，那人却在，灯火阑珊处"。

舒晋瑜：既相信灵感，您写诗改得多吗？

张清华：反复改。写完一般会放一段时间，渐渐有了距离感，诗歌变成了一个"他者"，或自我变成了读者，再去改。改的过程就是冶炼回炉，全部化掉，重新塑形，重新编织。

这当然也是无意识的，不是作为一种自觉的原则。写诗必须文气上顺畅了，写到满意为止。写作是一件奇妙的事，有的诗可能不需要改，它突然出现，就像神灵附体，这种感觉太美妙了，语言不受你支配，突然涌现。有时可能无意识状态下写的反而更有意思；有的时候如临大敌，正襟危坐，道貌岸然，未必会写得满意。

我最近又研究海子，他特别追求诗意的"涌现"，这当然不是他发明的，海德格尔也经常说起"涌现"一词。

舒晋瑜：您对自己的诗歌创作常有所回顾？您对自己不同时期创作的诗歌，是否都还满意？

张清华：我的作品还不够多，影响也不够大，所以我对自己的要求也很简单——必须接近一个"成熟的专业诗人"，不是票友，不是那种通常意义上的抒情者、撒娇者，我已经羞于做这种角色。

我现在觉得,早年是漫长的模仿期,后来比较自觉的写作是文化主题写作的时期,但是走了很大的弯路。直到中年,回归生命经验写作,才算是脱胎换骨。我现在希望能保持我的写作冲动,能够一直保持到老年。

作为一个职业知识分子——我不敢说自己是人文主义意义上的知识分子,我具有两重性,一是作为读者,一是作为作者。只作为读者不可能真正读懂作者,必须尝试作为作者,才能读懂他人的创作。拉康讲得对,所有你看见的都是你的镜像,你对世界的理解有多深,其实就意味着你对自己生命主体的探究有多深,反之亦然,这二者是对称的。这和《红楼梦》里的风月宝鉴是一样的道理。从生命本体论出发去观照文学,会不断地有令人欣喜的发现。

舒晋瑜:您认为对创作的激情和冲动可以保持吗?

张清华: 希望能够保持。到了晚年,可以置换为散文或学术性的写作,但是写作的质感、细节性、生命本体的视角应该持续存在。就是可能文体变了,内核不变。

海子是最后一个诗歌烈士

舒晋瑜：您之前写过海子的相关评论，为什么最近又开始研究了？

张清华：我觉得当代诗人中海子比较重要，他是最后一个"诗歌烈士"，即用生命写作，全身心投入。他毕生只做一件事情。他不是以一个思考者、一个学者，也不是以一个二十几岁的年轻身体去写作，他是化身为"先知"来写作的。只有抵达了先知的状态，才能说出超越世俗话语的语言。他是"真理"的携带者——不是社会学意义上的真理，而是哲学意义或神学意义上的真理。他的语言仿佛不接地气，却又是大地内部发出的，仿佛在天空说话，又从大地深处涌现。海子的思考能力太强大了，他尝试用上帝的三位一体的方式思考哲学，用大地的三位一体（即作为存在的本源、本体、表象）来思考大地，万物在他那里都有灵性。他的诗太厉害了。可能别人会反对，但我始终认为他是那种五百年才出一位的诗人——这当然是一个比喻的说法。

舒晋瑜：对于诗人的理解，评论和被评论达到一种精神的契合才能更好地理解诗人。您是从什么时候关注海子的？

张清华： 最早只是零星地读到。1997年我第一次看到《海子诗全编》，我才开始比较系统地阅读和关注海子。我写了《"在幻象和流放中创作了伟大的诗歌"——海子论》在1998年发表，那时候只是觉得海子写出了大地和死亡，后来我越来越觉得海子作为精神现象学的诗人，他是可以构成特别复杂的精神现象的。我后来陆续在课堂上讲到海子，正打算整理成一部《海子六讲》。

舒晋瑜：为什么集中讲海子？有契机吗？二十年后又深度解读？

张清华：我觉得海子重要。海子有多面性，可以作为青春的文本，可以作为精神现象学的文本，也可以作为复杂的对象来研究。多年前读海子的时候，总感觉到有大量类似泥石流状的不可化解的成分，一些荒僻生硬的词语、过度奇崛突兀的修辞使人望而生畏。现在再度进入，这种感觉已经消失殆尽，所见竟然尽是钻石般的光彩洁净和澄明剔透。伟大作品的确具有恒久的生长性，即使诗人离世多年，他的语言也仍有新鲜和旺盛的生命。

还是践行生命本体论的诗学的思想，我希望在诗歌研究中贯穿生命本体论的诗学观这样一个核心。这也是《猜测上帝的诗学》中的观点，假如上帝有诗学，定是知人论世，了解诗人的内心，他的痛苦、他的生命实践，他一定会根据这些理解来观照他的诗，从文本到人本或从人到文本，交互置换返回这样的关系，一定会让付出了巨大代价的和巨大痛苦的诗人获得更多。这样一个思路，使我的诗歌研究变成对精神现象的研究，对人的研究，对神性、对语言和对思想方式的研究，说到底是哲学式的研究。这就和一般的诗歌"赏读"划清了界限。我试图抵达这样的一个境界。

因此我会选择一些重要的诗人，食指、海子，也可能会选择更多有精神现象学意义的诗人。

舒晋瑜：在重新解读中，有何重要发现？

张清华：海子的诗歌写作，本质就是一个伟大诗歌的不归路，海子的理想是写出伟大的诗歌。他认为伟大的诗歌不是材料堆积，也不是修辞活动，而是"一场烈火"，说明海子把诗歌写作看成是人格实践而不只是文本实践，是烈火的喷发、毁灭、创造，他的写法就是想创造超越一切文明的伟大史诗，构建原始生命景象来解释宇宙万物的构造，来建立人类的精神或文化的谱系，类似于巴别塔神话。海子的写作就是想建巴别塔，但上帝早设限了，所以海子很多长诗都只能是残篇。

评论和写作，实际上是一个对话关系

舒晋瑜：前一段时间，您的诗集《形式主义的花园》研讨会在北大召开。由评论家的身份转化为被评论者，感觉如何？您从评论家们的反馈中收获了什么？当从评论家转向为作者，心态有何变化？

张清华：最低限度地满足了虚荣心。一个人长期作为读者阅读别人，如果角色发生颠倒，作为作者被别人阅读和谈论，是一种刺激，一种鼓舞，也是一种新鲜而陌生的经验，也会帮助自己作为读者更多地理解别人。

舒晋瑜：您认为他们的评价，契合自己的创作状态吗？

张清华：你个人的生命世界，别人不可能完全进入，只能是一种揣度或推测。我理解为什么很多作者对评论家的话很在意，如果有几分靠谱就很惊喜了。

他们说到中年写作的问题，觉得我能够发现一些无意识的东西并重新塑形，觉得我有些"老熟"，我听了还是觉得很欣慰。评论和写作，实际上就是一个对话关系，在评点原作的时候，读者和作者已经完成了一个对话过程。古代很多文本，原作和批评是印在同一张纸上的，《史记》打开一看是四种文本。作为作者和读者的对话，更多地体现在私下的场合，比如唱酬，这是潜对话。批评者一定要避免做"真理化身",同时也不要拿出"知识宝库"的派头,比你有学问的人多的是,你只是有限的知识者。

舒晋瑜:有着诗人和评论家的双重身份,是否写诗的时候更超拔一些?

张清华:角色固化难以觉察。每个人都有坚硬的外壳,都有慢慢形成的职业经验。如果没有警惕,慢慢会变得不可救药。借助某种习惯或角色置换,保持自我的分析和反思是很必要的。孔夫子讲,己所不欲,勿施于人,就是经常置换角色;孟子讲慎独,也是设定他者对自我的一种警诫、审视,对自己有所约束。这是修养。我不认为自己做得有多好,是希望有这种自觉性。

舒晋瑜:您说过,自己对语言有一种"苛刻和病态的爱",为什么?您从中获得了什么?

张清华:语言问题是特别难谈的,海德格尔讨论语言的时候,是把诗、语言和思搁到一起来谈,思是"我思故我在",笛卡儿说的"思",不是指思想的结果而是指思想的状态,是思的实践,是过程。思和言同在,言如果离开了主体的思就没有根基,言是其表,思是其里,表里同在,不可能只有表没有里,或者相反。

检验语言要看有没有思的品质。大部分人使用语言是习惯的滑行，没有摩擦。有些人的诗有韵律，也很高雅，但没有任何及物性，就说明思不在。我对这样的语言保持警惕。我不能使用业已死去的语言的空壳，也不能使用被世俗、专业打磨得非常光滑的语言。就像歌手要找到自己的声线，不能假唱也不能单纯模仿别人的声音，你要找到语言的声线。媒体语言是滑行的，公文是滑行的，职业文字是滑行的，八股文是滑行的，必须找到诚实的、智性的、思的语言。这种语言怎么实现？必须保持一个主体的思的品质，诗是在远方召唤，"诗言思"或者"思言诗"是一种抵达。我试图达到的状态，是"语言以思的状态抵达诗的境地"。

语言必须有一种及物性，不能没有及物性，就是在主体和客体之间必须有清晰的关联性。诗歌写作也许并不那么成功，但它挽救了我的评论文字，使我的文字有了诗意——我也是这样要求自己。曹丕说得对，"文以气为主"，气是神秘的东西，既是思想又是形式又是结构又是语言，修辞韵律化为一体，无形又有形，好的文章荡气回肠，批评文字也是如此。有文气的文字是酣畅淋漓的，思想和语言是融为一体的。最好的文字是火山喷发，钻石是在火山喷发中形成的。

舒晋瑜：写诗的时候有具体的偶像吗？您喜欢怎样的诗人？

张清华：我年轻的时候最震撼的是读到莎士比亚的戏剧，我认为那就是诗。莎士比亚的戏剧矫正了我对浪漫主义片面的热爱，莎士比亚无比丰富、复杂和接近真实，让我对艺术有了比较接近正确的看法。后来觉得比较适合我趣味的诗人，都比较复杂，比如我喜欢俄罗斯的诗人茨维塔耶娃、帕斯捷尔纳克，但我更喜欢的是另外两种：一种是荷尔德林式的神性的质朴，再一种是博尔赫斯式的无比幽深而通透的智性。当然，美国现代主义的诗人们我也很喜欢，而俄罗斯多出勇士或义士式的诗人。所以，义士的、先知的、智者的……各种各样的诗人都是我学习的对象。

评论和诗歌创作并行不悖

舒晋瑜：在您的学术研究中，对诗人研究的一个重要特征是做了很多对话。对话对研究有多大帮助？

张清华：在《猜测上帝的诗学》里，我对舒婷、顾城、梁小斌等都做了研究，但我写的文章不只是谈论文本，也把他们的遭遇、经历和文本联系起来，做了一些访问和对话。

对话能解决一些困惑，或把零散信息串联起来。但要学会依据对话从中辨识，理性和分析很重要。包括卢梭的《忏悔录》。德里达认为,访谈是一种"奇怪的文学建制",因为任何人的回忆都是靠不住的,都是按照对自己有利的原则进行处理。从精神现象学和精神分析学的角度看,所有人的记忆都是有选择性的,人对不断地修改记忆有一种乐趣。写作也是对记忆的唤起和再创作。

舒晋瑜:是什么样的机缘让您走上评论道路?看了您很多的评论,能感觉是下了很多功夫的。比如评余华的作品,除了细读文本,还画了图表具体分析,不知道现在还有多少评论家愿意下这样的功夫。

张清华:评论和写作两支笔是并行不悖的。有人认为感性思维和理性思维是分开甚至是对立的,其实不是,感性和理性纠缠或共生在一起,是文学的状态。余华的哲学思维能力特别强,又是一个化观念为形象的作家,把人间万象和人生百味交杂安置到几个人物身上,他的作品就有了寓言性。寓言必须是特别简练的,寓言有两种,一种是尼采、叔本华、克尔凯郭尔式的,一种是中国典籍里的哲学寓言,庄子、韩非子、淮南子式的。余华和卡夫卡、博尔赫斯等简约的作家很接近,这一点不是很多人能意识到的。

我认为我是读懂、读透了一个作家才去评论他。我从1992年开始认真研读余华,读了十年,写了《文学的减法：论余华》，从叙述的辩证法开始谈，就把一些从主体道德角度谈论他的流行话语覆盖了。当时余华看到很吃惊，多年后认识了他才说，觉得我读懂了他，写他写到点子上了。写莫言也是如此。

舒晋瑜：莫言获得诺奖时，您也成为关注点之一，是因为早在十年前您就预言莫言可能获得诺奖。是不是对于多数作品，您都有较为准确的判断？

张清华：我在1991年写的第一篇关于当代作家的评论，便是论莫言的。2003年写了一篇《叙述的极限——论莫言》，有三万多字。我认为莫言是极具感性和民间性的一个作家，同时也有对历史正义的追求，这是他获得高度评价的一个原因。他的脑子里模模糊糊有一个鲁迅，有马尔克斯和福克纳的叙述调性，所有这一切形成了一个泥沙俱下、原始苍茫的话语场域，对他形成了一种巨大的感召。他是一个从乡村出发，背着土地赋予他的故事，携带着土地原始的记忆，向远方出发的跋涉者。他不是一个朝圣者，他身上没有圣徒气质，但有反抗者的气质。余华则是典型的现代主义者。

他们俩是最受2000年前后外国读者欢迎的中国作家，一个是因为本土性强烈而具有了世界性，一个是因为"去本土性"鲜明而产生了世界性。通道似乎相反，但殊途同归。所以我很早就认为他们俩应该获得诺贝尔奖。

舒晋瑜：能谈谈您做评论的方法吗？

张清华：我对作家作品的研读，是基于较长期的理解，是力图从当代文学的发展态势上、从当代历史的现场和语境去解读。另外，我对诗歌研究的哲学方法也渗透到小说批评中，是从作品精神类型上有所把握，而不是单纯从某部作品出发。

我重点阅读几个作家，实际上也是把他们变成了我自己经验世界的一部分，仿佛他的作品不再是他的，而成为我自己精神世界中不可缺少的一部分。当然这个读懂，可能是相对的，是一个不断返回和折射经典与"正典"的过程。读格非的《江南三部曲》，我感觉就是《红楼梦》的现代版，他用了《红楼梦》的结构来处理中国的现代问题。我认为这叫读懂了一个作家，格非写的故事才叫"中国故事"。中国故事是指中国人讲故事的方式，并不是所有中国作家讲的故事都叫中国故事。

《红楼梦》的这种讲述在全世界是独一无二的。中国作家何以成为世界级的作家？就是看是否能给人类提供独一无二的故事。

舒晋瑜：从优秀作家或诗人身上，发现哪些共同的成功的因素？

张清华：在现代的意义上，他们都是智者，同时也有可能是仁者。他们能够有悲悯之心，同时又有洞察力，洞悉人间万象。我经常有一种想象，化身为一个侠士去铲除不公。我认为诗歌还应该在人性的丰富性、复杂性基础上同时张扬正义。一个知识分子，无论如何还是应该有点担当，按弗洛伊德的角度说，就是必须有"超我"式的是非观。中国人在超我方面是不太发达的，往往不是以"是非"而观，而是以"利害"而观。

舒晋瑜：您的《像一场最高虚构的雪》，尤其是附录中的《〈1978—2008：中国优秀诗歌〉入选理由》和《推荐十位重要的当代诗人》，充分体现了一位评论家的独到眼光和水准，以及对诗歌事业的责任和担当。从您对中国诗坛多年的跟踪评论看，您和众多诗人都是朋友，在选择的取舍上，是否还会考虑一下友情的因素？

张清华：我评选十位诗人的理由，一是其精神体积，有较大的思想分量，二是影响力，三是代表性，他们分别代表了不同的诗学向度与美学趣味，四是文本的经典化程度。我是在不同纬度强调他们的重要性。

舒晋瑜：您对当代诗歌如此熟稔，了如指掌，从食指、海子、张曙光、陈超、桑克、安琪、寒烟、朵渔到实力诗人吉狄马加、大解、冯晏、长征，由底层成长起来的郑小琼、余秀华等，评论内容都有涉及，在对诗歌细读评析的过程中，您认为作为评论家最关键是要有怎样的准备？换言之，优秀的诗歌评论家，应该具备哪些因素？

张清华：首先要有点担当，有不太短缺的学识，要对社会正义、对历史、对人类的精神构造有认知甚至是钻研，对文学本身的肌理、对写作的奥秘有理解，不可以是一个武断的、简单的判断者，而且对文字还要有要求。我认为好的批评文字和文学创作本身都是无中生有，是"有意义"同时又"有意思"的文本。你的批评文字和原作要力求达到并驾齐驱的境界，能构成对话才比较理想。

个人的荣辱和悲欢都不重要，关键是如何对待，要推己及人。我在年轻时和朋友聊天，曾借曹操所说"宁愿我负天下人，不要天下人负我"的格言，反其道而用之，说，写文章要"宁让我怜悯天下人，不能让天下人怜悯我"。要把天下苍生放到悲悯的对象之中，把自己放到众生中，低到尘埃里没问题，但同时要有一点悲悯天下苍生的狂妄，有不自量力的一面，文章才有的可看。

舒晋瑜：拿到一首诗和一篇小说，无论长短，如何快速判断其高下，您有怎样的经验可否分享一下？

张清华：我的评论，一是评新人，觉得某人有意思，会主动写评论；二是"被迫"写稿，我会把他作为一个"脱离或超出了本体的现象"来观照。不能把一个写得一般的诗人说得像一朵花，违背作为研究者的道德底线。你能够从文本实践中发现有意思的问题，或你不是谈论文本，而是谈写作本身，谈论精神现象、谈论艺术问题本身，从他的对象性当中升华出来，这就意味着你能够使他的文本与理想文本间建立起比照关系，从中发现写作的秘密，这样就可能赋予无意义的文字以意义。你使他的文本敞开了，你的批评文本也呈现于敞开状态。花园里的花是借来的，但经过重新配置，变成"插花"，就可以让大家进来欣赏。

舒晋瑜：您能概括一下自己的评论有何特点吗？

张清华：首先是精神对话，其次是我希望能够和原作是匹配的。如果不能，也许是我能力没达到，但这一直是我的一种期许。

后 记

清样已经三校完毕,马上就要付梓了,才忽然意识到,这本诗集也应该有个《后记》。

诗歌是角色在说话,而《后记》是演出的那个人在说话。好比一幕戏演完了,最后演员谢幕时要说几句。

我的诗歌写作在2017年之后,忽然增加了产量。我不知道是哪儿出了问题,也可能是因为找到了一种语气,或是意识到前半生有点儿误入歧途,现在到了归正的时候,需要把失去的时间补回来。总之我在2018到2019两年中,如痴如醉大概写了不下于150首。有时候感觉稍好,几乎每天会有一首,不请自来,让我自己也暗自吃惊。这种感觉令人疑惑,正不知今夕何夕,此生何人,想做什么。

不管怎样,先写了再说。我知道,灵感并不会一直眷顾一个人,不要等到有一天再也写不出一句的时候,再去后悔,后悔当初没有抓住机会,把能够写的写下来。

写作源于对生命流逝的恐惧，当然也是试图将之从流逝中凝固下来的一种努力——如同奥克塔维奥·帕斯所说。在中年危机中，在对于生命的感怀愈来愈深的时候，诗歌是一种自我战胜的方式，一种自我拯救的方式，一种自我意识和修为的方式，当然也是一种确认世界与自我的缺憾的方式。

所以，多少人都已化作了古人，但他们的诗句却留了下来，他们的生命因此而得以延伸，仿佛他们还活在语言里，或是我们的周围。当然，我没有那样不朽的奢望，但是一想到自己某一刻的所思所想，会在一个句子里驻留，成为生命流逝中的一个足印，我也会为自己感到幸运。

"一只上个时代的夜莺"自然是落伍的，生不逢时的，不合时宜的，早该谢幕的夜莺。但是它偏不，还要聒噪，还要不自量力地叽叽喳喳，喋喋不休。这本身就是诗意，当代性的诗意，这诗意虽然透着悲凉、落寞和不和谐音，但却比一只春光中的夜莺的啼叫，要来得动听。

如果杜甫活着，他会不合时宜；如果济慈和雪莱活着，也一样是落魄和怀旧的夜莺，所以我要向他们致敬。我自然配不上是一只夜莺，但也可以有学舌的权利。

而且，在学舌的同时，我还要不自量力地给他们些提醒：让一切过时的夜莺，安于自己的使命，不只要承认失败，还要像一位诗人所说，去主动地选择——"先行到失败之中"。

我的理想是一直写到老年——不强求。要想保持一个独立的观看世界与自我的方式，诗歌写作几乎是唯一的凭借。而且我想借用"华清"这个角色，而不是"张清华"。很多朋友不解，劝我应行不更名，坐不改姓，干吗要用个"华清"。其实我需要的，不只是一个笔名，还是一个博尔赫斯意义上的"反影"，希望我的诗可以成为一个反观的镜像，而"华清"刚好就是"清华"的一个反观，或者倒影。

这也回应了毕飞宇的解释。在作为大作家和朋友两个角色之间，他仅仅使用了朋友这个身份为我作序，使我至为感动。这使我再次体会到，文学固然重要，但在这个世界上，友情是多么可贵。友情化作语言的时候也有高下，高级的语言除了本身是来自于智慧以外，自然也散发着诗意。

其实诗从来就与友情相关，最不靠谱的太白在梦游天姥之时，也不忘给朋友的留赠之谊。作为才子的飞宇固然可爱，但重友情的飞宇才最是可敬。

还要感谢鼓励或担心我的写作的所有朋友们，这部集子中的几乎每一首，都已见诸报刊，这使我此时此刻,不能不念想起他们的关心、支持、帮助和提携。

  感谢花城出版社的朋友们,朱燕玲、李倩倩、安然,她们的智慧和辛劳越过了她们的美丽,已经融入了这本书中;还有我不能一一道出名字的朋友们,也都要感谢,你们的支持是我继续写下去的动力。

2021年1月21日
北京清河居